いくさじまた
臼杵戦役後始末
清水朔
SHIMIZU Hajime
光文社

いくさじまた　臼杵戦役後始末

目次

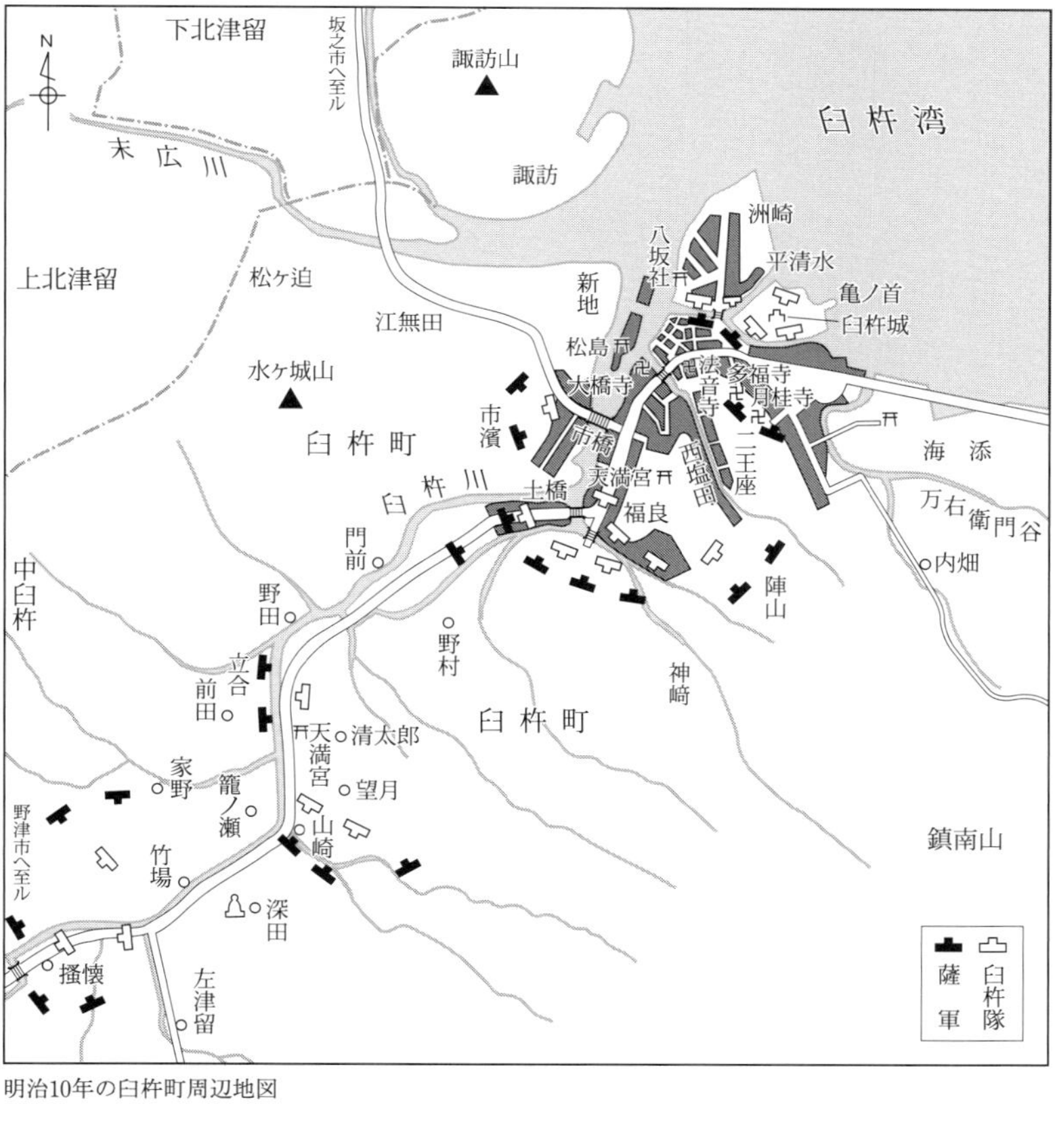

明治10年の臼杵町周辺地図

装画　アオジマイコ
装丁　坂野公一
地図製作　デザインプレイス・デマンド

序章　穴井《あない》のろく爺《じい》

久住《くじゅう》／六月十六日

　頭上に甲高い声が響き渡る。

　――鳶《とんび》か。

　熙《ひろむ》は竹笠《たころばち》の下から視線を上げた。山の稜線《りょうせん》が真っ青な空に浮かぶように明瞭《はっきり》と見える。あれが久住連山だとは通りすがりの花売りが教えてくれた。

「花え〜ぇ、花え」という呼ばわりは郷愁をかきたてる。抑揚こそわずかに異なるものの、在りし日の郷里の穏やかさを思い出させた。

　ここに戦の爪痕はない。新しい集落に着くたびに、そのことに安堵しつつ、だが胸底の緊張感は取れなかった。

　こめかみを汗が伝う。顎に流れていくのを感じて、手甲《てっこう》にそれを吸わせた。

ただ黙々と歩いているときはさほど感じなかった暑さも汗も、一度止まると急に吹き出してくるものだ。道を訊《たず》ねた時分にはそれと気づいていなかったが、歩き出してしばらくは汗が止まらなかった。

　頭上で再びピーヒョロロロと甲高い声がする。それが妙に癇《かん》に障った。

——人の気も知らないで。

苛立っている理由のひとつに、どこまで行っても教えられた家が見えてこないこともある。ろく爺《じい》が良かろう、と言われた声が甦《よみがえ》った。先に訪ねた、縁側で屯《たむろ》していた酒飲みの爺《じじい》二人だ。赤ら顔で濁酒《どぶろく》をちびちびとやっていた。

とはいえ、奥の老人が揺すっている籐《とう》の籠《かご》の中には赤ん坊が寝ているようだし、手前の一人は縁側に腰かけたまま草履《あしなか》を編んでいた。灼《や》けて飴色《あめいろ》になった皺指は、話をしている最中でさえ驚くほどの速さでつの結びまで終えている。まむし除《よ》けのまじない結びだ。

『だがあれももう耄碌《もうろく》した爺じゃけ……こないだもその辺に糞《くそ》を垂れ、小便をひっかけていきよったし』

『だいたいあそこの怖《おじ》い後家が頷《うなず》くもんかね』

『愛想《えごわりい》のない後家じゃけんのう……後家を陥落《おっん》したが早かごたる』

『将を射んと欲すればなんとやらち』

『お若いのに相手出来《えちしき》っかね……ちぃと荷が重いかもしれんのう』

『いやいやあれも長く日照っておるから、若いほうがなんぼか長持《のうじ》がええじゃろ』

軽口を叩き合い、下卑た噂話を始めた。

こんなとき、己の若輩としての不甲斐なさを知るのだ。これが彼ほどの年恰好《かっこう》ならば、けっしてあのように無下《むげ》には扱われなかっただろうに、と。

ため息を吐《つ》く。

久住の山に詳しい案内人を探しているだけなのだ。それでも数軒訪ね歩いて、ようやく「ろく」という老爺《ろうや》が山に詳しいことを教えてもらった。この先の麓の「穴井《あない》」という家にいるのだそうだ。

臼杵《うすき》から来たというと珍しいものを見るような目を向けられた。行く先々で戦況のことを訊ねられもしたが、言葉を濁した。この辺りは幸い戦火を免れている。不平そうな爺たちを尻目に足早にその場を去った。長話で時間を潰す気はない。これでも気を急《せ》いている。

視界に鳶の影がよぎる。今はまだ空も青いが、陽《ひ》は傾き始めている。今日はどこで宿を乞うか。せめて夜露を凌《しの》げる場所を聞き出さねばならない。それでなくても余計に歩いている自覚はあった。

太腿《ふともも》を拳で叩いてから速度を上げた。

――翼があれば、山までなどひとっ飛びで行けるだろうに……。

※

直入郡《なおいりぐん》、添ヶ津留《そえがつる》村。

久住連山の麓の集落である。村へは午《ひる》過ぎに着いた。若いとはいえ、ここ数日の野宿は身にこたえた。昨夜は人気《ひとけ》のない神社の拝殿だったが、寝違えたのか、腰と腕の筋を痛めたらしい。無意識に腰に手を遣《や》り、空振りの手と腕の痛みに我に返った。

刀はない。

道場に通い始めた頃から腰にはいつも慣れた重みがあった。むろん、渦中は当然だ。

だが今、それはない。思わずそれを探したのは不安だからか、焦燥からか。

知らず歯を軋《きし》ませた。

ふと視界に動くものを捉えた。右手の斜面、距離は一間《約一・八メートル》ほど。何かが動いているのが見えた。

獣だろうか。

いや違う。これでも目は良いほうだ。

「もし、もぅし、そこの！」

熙は声を張り上げた。人ならば反応があるだろうと踏んだ。

「もし！」

草むらから上体を起こしたらしきものが見えた。やはり人——女性のようだ。頬かむりをした手《て》拭《ぬぐい》をむしり取ると、じっとこちらを見ているようだった。さすがに遠目に顔形まではよくわからない。

「お訊ねしたきことがあり申す！」

声が届いたのだろう。彼女は下を指さした。下りるという仕草だろう。慌てて指定の場所へと急いだ。

急勾配の階段が脇に作られているようだった。斜面を利用した段々畑なのだろう。直進でもあり、先に着くのはこちらだろうとの目算はあえなく外れた。ほどなくして目の前に人影を認める。まさかと思い見上げると既に気配もない。

それほど急な斜面でもきつい勾配でもなかったのだろうかと慌てて走った。

女は汗を拭いていた。足元に置かれたのは紐《ひも》のついた大きな籠だ。

「失礼、する」

息を整えながら近づくと、女はこちらに向かって深く頭を下げた。この辺りでよく見かける藍染めの絣《かすり》を着ている。

「何か、粗相でもございましたでしょうか」

まるで訛《なま》りのない声だった。なんとなくあの男を思い出した。

「あ、いや、頭を上げてくだされ。仕事を中断させてすまん……すみません。訊ねたきことのあるだけで」

女は顔を上げた。控えめな丸髷《まるまげ》によく日に灼けた肌。伏し目がちなのは世の習いである。

頬の辺りは土で汚れており、顔は小さい。目も鼻も小作りだが鄙《ひな》の感じはない。むしろ小ぢんまりとしていながらも、品のある美しさがあった。年の頃は三十路《みそじ》の半ばくらいだろうか。もしかしたら母と同年代かもしれない。

だが気安い雰囲気ではない。濃い眉に意志を持った切れ長の目、にこりともしないその表情のせいだろうか。

「お侍様」

はっと我に返った。

「え?」

「それで、お訊ねの向きとは」

「あ、ああ！　この辺りに穴井という家を探しております。ご存じないかと」

「穴井?」

女は首を傾《かし》げた。

「あなたのような方が、どのようなご用向きでしょう」

「穴井家のろく爺……いや、ろくというご隠居殿が久住山に詳しいと聞き及んだので、案内を頼めぬかと。あ、怪しいものではござりません。俺は北海部郡《きたあまべぐん》は臼杵町から参りました、赤嶺《あかみね》と申す者。赤嶺、熈です」

女は目を細めた。

「久住に？　臼杵のお侍様が何のために」

さすがに見返した。

「それは案内を乞う時に申し上げること、そなたに今申し上げる必要は」

そこまで言ってふと気づく。

「……なぜ、俺が侍だと」

太刀は持っていない。当然結髪でもない。装束《いでたち》はそこらの旅の者たちと同じ、竹笠に手甲、股引《ももひき》に脚絆《きやはん》。町家の者の旅装束となんら変わりはないはずだ。

女は小さく息を吐く。

「ひと目でわかりますよ。所作がまるで違いますもの。それに長いこと道場で竹刀をお使いになっておられたんでしょう。お腰の張り、少し傾いた歩き姿、それに」

女は続ける。

「お侍様の言葉遣《ものい》いは、時代が変わっても簡単にお抜けにはならないものですから」

だとしたらこれまで通ってきた村も、あの爺らにもわかっていたのだろうか。

彼女はおもむろに籠を背負った。ちらりと見えたそれには、中に雑草が入っているだけだった。

「立ち話もなんですから、どうぞ」

「あ、穴井家をご存じか。案内してもらえようか」

女は肩越しに振り返り、呟くように言った。

「私が——穴井でございます」

※※※

女の足は速かった。旅の疲れがあるにせよ、母親と変わらぬ年恰好の女性と歩いて、これほどの速度を出したことはついぞない。同輩たちと駆け比べをしていた時分を思い出した。もちろん走ってはいないのだが。

十五分ほど女の背を追いかけただろうか。丘の陰になっているところだった。山の麓と言えば聞こえはいいが、まさに山の入り口ともいえる斜面に、しがみつくように立っている家があった。土地を平たく削っているからしがみつくという表現は妙かもしれないが、少なくとも熙の目にはそう見えた。屋根が山に沿うように傾いているせいかもしれない。

「茅屋《あばらや》でございますが、よろしければどうぞ」

謙遜してはいるが、傾いた屋根は故意の造りだろう、梁《はり》も柱も野趣溢《あふ》れる太さだが、しっかりしている。郷里の町家にあれば確かに異質だ。通ってきた集落でも大きな屋敷の部類に入るだろう。そのわりに山の一部であるかのように周囲になじんでいる。

「忝《かたじけな》い」

三和土《たたき》で草鞋《わらじ》を外していると、女が盥《たらい》を持ってきた。

「裏に井戸がありまして、水には苦労しておりませんのです。ご随意に」

「これはありがたい」

たっぷりの水に洗いざらしの手拭。顔を洗って拭く。ただそれだけでも生き返った心地がする。塵埃《じんあい》にまみれた脚絆を取り、細かい砂の落ちる股引をたくし上げ、キンと冷えた水に足を浸した。

「ああ……！」

図らずも吐き出した息に声が混じった。ここはよく風も通る。まるで頭から水に飛び込んだかのような爽快さ。足の裏からふくらはぎ、向こう脛《ずね》。じんじんと火照った熱が一気に凪《な》いでいく。まるで体全体を濯《すす》がれているような心持ちだ。

手で泥をこすり落とし、濡《ぬ》れた足を丹念に拭いていると、女が盥を持ち上げた。中はすっかり泥水になっている。

「あ、こぼすのは俺が」

「お気になさいますな」

女は澄ました顔で外へと持って行った。頭を掻《か》いた。どうも調子が狂う。母のような丸みを帯びた中年の体つきでもない。むしろ骨ばっていて男じみてさえいる。ここいらは皆そうなのだろうか。

身なりを整えた頃、女が戻ってきた。

「鄙の粗食でよろしければ何か差し上げましょう」

腹の虫が思い出したように鳴いた。背を向けた女の表情は見えないが、身にまとう雰囲気が少し柔らかくなったような気がした。

※

麦飯の湯漬けはさっぱりしていて、高菜の漬物の辛さとよく合った。それだけで椀《わん》に大盛り三杯を夢中で掻き込んだ。高菜は郷里のものより青味が強く太く、塩気もまた強い。真っ赤な鷹の爪を切ったものがふんだんに入っていて、その刺激がまた箸を進ませる。勢い込んで湯と一緒に気管に入り、大いに咽《む》せた。

　まともな飯にありつけるのは何日ぶりだろう。息をつめるようにして口いっぱいのものを飲み込み、ようやく人心地がついた気がした。

　未練がましく手塩皿に残ったもろみの残りを舐《な》めていると、椀に女が白湯《さゆ》を注《つ》いでくれた。

「馳走《ごっそ》になりました」

　一気に飲み干して礼を言うと女は無言で頷き、さらに椀を促された。

　今しもそのお代わりを飲もうとした時だ。ふらりと世間話でもするように女が訊ねた。

「戦況は如何《いかが》でしょうか」

　煕は椀を箱膳の上に戻した。居住まいを正す。

　明治十年二月に蜂起した、西郷隆盛《さいごうたかもり》を将とする戦乱は収まっていない。未《いま》だ各地で激しさを増している。今、この時も。

「郷里――臼杵からは薩軍《さつぐん》が撤退しました。少し前に、ようやく」

　臼杵の地に薩摩《さつま》の奇兵隊《きへいたい》が到着したのは六月一日未明、そこから十日間の激戦となった。

　臼杵では薩軍の放火により三百三十戸が焼失、この地を守るべく組織された臼杵士族隊も多数の犠牲と負傷者を出したが、郷里はようやく人々の手へと戻った。

　それがたった六日前のことなのだ。

「なんと……大変でしたでしょう」

　改めてその日数を思い、呻《うめ》く。大変という言葉では到底片づけられないし、心の整理もついていない。この半月足らずで、自分をとりまく世界は一変した。

「湾には浅間艦《あさまかん》が入り、警視徴募隊《けいしちょうぼたい》、鎮台兵《ちんだいへい》が来てくれました。今は復興のためにおおわらわです」

蹂躙《じゅうりん》された町並みを前に立ち尽くす者、泣き崩れる者。犠牲になった無残な警視隊の遺体、壊された町家。そこここに残る、戦火の爪痕。

——喪《うしな》われた多くの命。

豊後《ぶんご》方面の戦いは、まだ終わったわけではない。それでもようやく町に人が戻り始めた。大分をはじめ、津久見《つくみ》や佐賀関《さがのせき》方面へ避難していた人々だ。

「そういえば、竹田《たけた》でも酷《ひど》い戦闘があったと聞きましたが、こちらは無事だったのですね」

女は軽く頷いた。

「久住では先月、二百石を超す米を奪われたりしていたようですが。ここは、今回は巻き込まれずに済みまして」

酷かったのは竹田と阿蘇《あそ》のほうです、と淡々と女は答えた。大規模な一揆《いっき》もあったそうだ。

「しかし、またどうしてあなたさまはこんなところにお出《い》でになったのですか」

当然の疑問だろう。本来なら、町の再興のために粉骨せねばならぬ身である。戦が終息したわけでもないのだからなおさらだ。

「火急の用があって、人を捜しておりますのです」

なりふり構ってはいられない。郷里を出て四日にもなる。時間がない。

——彼に追いつかねばならない。

「お捜しの方が……久住山へ？　それは確かでございますか」

「おそらく、間違いありません。ですから」

熙は頭を下げた。

「ろく殿の……どうかご当家ご隠居殿のお力添えをいただきたく」

頭をお上げくださいと女が言うのと、外からけたたましい犬の鳴き声が聞こえたのが同時だった。

「赤嶺さまは」

「さまは止《よ》してくだされ。ただの若輩者に過ぎません」

彼女は困惑しているようだった。

「いえ、何か誤解をなさっていらっしゃるご様子……これ、ろく！　静かになさい」

熙は思わず顔を上げる。裏から入ってきたと思《おぼ》しき茶色い犬が一匹、土間に入り込み、こちらに向かって吠えたてていた。

目の周りの毛が長く垂れ、長い顎鬚《あごひげ》とそこだけが白い。まるで老爺の——。

「ろく爺とは、まさか」

「確かに山案内の犬ではありましたけど、いかんせんこれも老犬ですからお役に立てますかどうか」

女の無表情に思わずがっくりとうなだれた。

久住に詳しい山歩きの達人がいる——担《かつ》がれたのだとようやく理解した。

「そんなに消沈なさらないでくださいまし。ろくも御奉公が出来るかどうかは……その日の塩梅《あんばい》次第ではありますけど」

彼女は目を細めた。

「ご事情如何《いかん》では、何かお力になれるやもしれませんよ」

ここで断られたところで、どのみち久住山に探しに行くことには変わりない。

半ば自棄《じき》、半ば藁《わら》をも摑《つか》む思いで、熙は訥々《とつとつ》と詳細を語り始めた。

一章　不穏・来援　臼杵／五月

1

「兄上っ！」

突然の叫び声に、赤嶺熈《あかみねひろむ》は顔を上げた。

振り返ると、瀧山智宣《たきやまとものぶ》が浜への坂を駆け下りてくるところだった。数日雨がないからか、走る端から細かい土煙が舞いあがっている。そんなに駆けてはまた足袋が汚れるだろうと要らぬ心配がよぎったのは、同じような小言で育ってきたからだろう。

松の隙間を縫うようにしてみるみる近づいてくる。

「どうした智宣」

昔から兄と呼ばれてはいるが、同じ道場の門弟である。幼なじみだ。熈よりひとつ年少、濃い眉の下、長い睫毛《まつげ》に黒目がちの大きな、やや垂れた瞳。焼けても黒くならない白い肌とその優しげな顔立ちに油断して叩きのめされた同輩たちは数知れない。

辿《たど》りついた智宣は肩で息をしている。

「師匠から……兄上の配置が決まったと聞きまして」

それか、と煕は歩き出す。

「薩兵《さっぺい》にこの町を良いようにはさせぬよ。俺たちはそのために在るのだからな」

そこではありませぬ、と智宣は足を止めた。

「わしにはやはり得心がゆかぬのです!」

憤懣《ふんまん》の原因はわかっている。煕は振り返って宥《なだ》めるかのように声を落とした。

「仕方なかろう。女子《おなご》と十七歳に満たぬものは城下より退去せよとの触れなのだ。お主《ぬし》はまだそれに満たぬし」

唇を嚙《か》んでいる智宣は渋面《じゅうめん》のままだ。

「十六歳でもわしは臼杵《うすき》の士族にございます」

絞り出すかの如き声は、悔しさを隠しもしない。

「智宣」

宥めるように智宣の頭に掌を載せる。そこに髻《もとどり》はない。散髪したのは煕が十一、智宣が十の年である。

皮肉なものだ、と煕は思う。髻に太刀、いずれも武士の面目《めんもく》、武士の魂だ。軽んじられ奪われたが故と薩摩士族は兵を挙げた——それが、廃刀を受け入れる暮らしを選んだはずの煕たちにも再び刀を持たせることになろうとは。

「たかが一歳の差ではありませぬか」

智宣は煕の手を払いのけた。

「しかしどこかで線引きをせねばならんだろう」

大人ぶりなさる、という智宣の悪態は聞こえないふりをした。

「一歳譲ったとしても、十五歳のものだとて同じことを言おうが。線引きがたまたまそこだっただけだろう」

「今この時が非常の時なのです。悠長に十六だの十七だのと議論している場合ではないでしょうと申しておるのです！」

非常時か、と熙はその言葉を噛みしめながら砂浜を歩き出す。蹤《つ》いてくる智宣の気配がした。

明治十年丁丑《ひのとうし》——正月以降、南からの不穏な風聞は途切れることなく届いていた。わかってはいても、しばらく対岸の火事であったことは否めない。

しかし三月末に武装した中津《なかつ》士族による府内城（縣廳《けんちょう》）襲撃事件が起こった。攻防戦の末、奪取に失敗すると、そのまま薩軍麾下《きか》に入り、「中津隊」として組み込まれた。時を同じくして北部でも薩軍に呼応した民衆の大《だい》一揆が発生している。

そもそも中央政府に不満を持つ士族は多かった。

戊辰《ぼしん》戦争からの御一新、明治四年の廃藩置県《はいはんちけん》、散髪脱刀令、六年の廃城令と、武士の矜持《きょうじ》を揺さぶる出来事が相次いだ。極めつきは昨春の帯刀禁止令だろうか。

火種もあった。明治七年の佐賀の乱、昨年の熊本・神風連《じんぷうれん》、福岡・秋月《あきづき》、山口・萩《はぎ》と、四年前に下野した西郷を炙《あぶ》りださんが如き燻火が各地で燻《くすぶ》っていた。

それゆえに薩摩から大本命の火の手が上がった際、快哉《かいさい》を叫ぶ者は多かったという。彼らに呼応する士族が少なくなかったことが事態をより深刻にした一因だろう。

『南部に薩摩の軍勢が攻め込むらしい』

『奇兵隊が来るっち噂な』

この地——臼杵がいよいよ浮足立ち始めたのは五月に入ってすぐのことだ。

奇兵隊の将は野村忍助《のむらおしすけ》、実際に五月十二日には重岡《しげおか》、十三日には竹田へと侵攻し、竹田警察本署などを襲撃している。

たかだか薩摩の芋侍、臆する必要はなかろうと高を括《くく》っていた者たちに動揺が走ったのは、五月十七日、その竹田の士族が奇兵隊に呼応したとの報せ《しら》が齎《もたら》されたからだ。「報国隊《ほうこくたい》」を名乗る六百名が薩摩の軍勢に加わった――と。

三月の熊本での籠城戦、田原坂《たばるざか》の戦いが生々しく広まっていたのも手伝って、民の不安は最高潮に達した。この段階で、既に薩摩は大軍勢であった。

『薩軍への賛否有無構わず、なんでんかんでん六百名を併呑《へいどん》したっちな』

『竹田の堀田《ほった》某《なにがし》というやつじゃろ。報国隊として十六歳以上を徴集したそうだ』

『抵抗しききりょうか』

『薩軍に逆らえば家も焼かれ鶏は根こそぎ持って行かれる。女は血気逸《はや》った男どもに蹂躙《じゅうりん》されっちゆうから、脅されれば従う他なかち。手に負《の》えん《さ》で』

『従ったところで、紙切れ同然の西郷札で略奪されっちぞ。脅されて無体をされるか、従って無体をされるかの違いしかねえ』

『ここん城を陥落《おと》せばすぐに海上交通の要所となる。四国、本州は目の前じゃ。次ん狙われるのはこん臼杵じゃなかろうか』

訳知り顔のそんな年寄りらの流言もまた、決して杞憂ではなかったのかもしれない。

五月十九日に起こった竹田の報国隊の略奪の後、大分にいた戦艦孟春《もうしゅん》が即座に動いた。

臼杵では明治七年に「留恵社《りゅうけいしゃ》」が作られている。臼杵士族の有志会社だ。銀や石灰などを事業品目としているが、石灰製造用火薬もあった。万一にも薩軍の手に渡らぬよう、孟春はそれを事前に回収していったのだ。

それはなにより雄弁に近づく危機を物語っていた。

すぐさま臼杵の主だった有志が留恵社に招集された。

薩軍に賛同するのか、官軍に与《くみ》するのか――それでも協議は五月二十日のみ、翌二十一日には縣廳への上申を済ませている。

曰《いわ》く、臼杵は勤皇保民を旨とするべく、元家老である稲葉《いなば》家から頼《たのむ》を推戴《すいたい》、士族八百人からの守護隊を編成した、と。

勤皇臼杵隊《きんのううすきたい》――それは迅速ともいえる決定だった。

熙は砂を踏みながら考える。

なぜ大人たちは官軍側に付くことを選んだのだろう。なぜ周辺士族のように、薩摩に呼応し、与する道を選ばなかったのか。

「兄者《あにじゃ》！　智さん！」

砂山の向こうで呼ばわりながら両手を振る男がいた。智宣が背後から声を上げた。

「芳《よし》っ！」

「饅頭《まんじゅう》を貰《もら》いましたよぅ～！」

熙は思わず智宣と顔を見合わせ、気づけば我先にと走り出していた。

※※※

「今日は田町《たまち》の大叔母の家の手伝いに行っておったんですよ」

芳こと長部芳三郎《おさべよしさぶろう》は、風呂敷の結び目を解《ほど》く。拳大ほどもありそうな、たまご色の蒸《ふ》かし饅頭が三つ現れた。

丹生島城《にゅうじま》――雅称を亀城とも呼ばれる臼杵城は海中にある。本丸――通称・亀ノ首《かめのくび》から二の丸まで、海上に浮かぶこの城を一望出来るこの洲崎《すさき》の浜は、事ある毎《ごと》に集ってきた、煕らのなじみの場所だ。松林を抜ければ美しい白砂、上空には鷗《かもめ》が鳴いている。夕暮れ時近く、陽は西の山陰に隠れて見えないが、残照は十分明るかった。

頬に当たる潮風が心地よい。

「大叔母さんたちはどこに避難を？」

さっそくかぶりついている智宣を横目に訊ねた。おそらく自分の手間賃だろうに、何の屈託もなく振る舞えるのが芳三郎という男である。もちろん内証が豊かなゆえだ。

「津久見のほうに。商いでお世話になった網元さんが力になると申し出てくれたそうで」

連日、大八車の行列を見る。住み慣れた土地を一時でも離れるのは辛いだろうが、背に腹は代えられまい。それに行先があるだけでも心強いというものだ。当てもないまま山中や農地の小屋へ避難するしかない者たちもいる。

『血気逸った侍どもに遭えば、試し斬りにされる』

『薩摩の兵は、人の肝まで食べるらしい』

そんな流言も飛び交っていたからだ。

「おまえのところはいつ退《の》くんだね」

「親父は土壇場までしがみつくとは言っておりますが」

芳三郎は士族ではない。長部《おさべ》米穀店――町人の子である。跡を継ぐのは長兄だが、次兄は留恵社の手伝いをしており、長姉は然《しか》るべき家の養女を経て、士族へと輿入《こしい》れしている。

熙たちの道場の師範は士族でこそあったが、身分に頓着しない変わり者で、平民だろうが坊主だろうが受け入れるが信条の人だった。平民のくせにやっとうを習いたいというこれまた変わり者の芳三郎はまさしくその恩恵を享《う》けた。智宣と芳三郎は同年、入門した日も同じだった。

その縁で身分を超えて大層仲が良い。気づけばもう十年近く、三人でつるんでいる。

「竹田の状況を聞いているだろう。大事ないのか」

五月十九日、竹田では各地で強奪があったという。また久住でも米穀の大量盗難が相次いだ。どちらも薩軍の横行によるものだ。

芳三郎はにっと笑う。

「大部分の商品は移動させております。隠匿せよとの触れもいただきましたからね。家内総出でやりましたよ。その前に留恵社でたくさん買い上げてもいただきましたし」

それでも町に残っている人々の糧を尽くすわけにもいかないのだ。だからこそ、踏ん張ることを選んだのだろう。その覚悟が見えるようだ。

「兄者のところはどうですか」

「俺のところは弟妹《ていまい》がまだ幼いのでな……」

両親、年の離れた弟妹は昨日大分《おおいた》の係累のところへ疎開させている。父は頑強に徹底抗戦を主張したが、加齢とともに視力が低下しており、戦うどころか日常生活でさえ介添えが必要なほどだった。

結局、母に懇願されて避難先に同行している。

「ではいまお屋敷には兄者だけですか……お女中衆、下男のみなさんは」

「暇を出したよ。家の雑事のために戦火の犠牲になっては赤嶺家の名折れだからな」

「……後で夕餉《ゆうげ》を届けるように致しますね」

芳三郎は目端が利く。助かる、と熙は片手で拝んだ。下女のみならず下男にも暇を出したため、実は飯炊きも碌《ろく》に出来ない。食うに困って今晩から留恵社に身を寄せようと思っていたくらいなのだ。

「智さんところの 妹 御方《いもうとごがた》はどうなんですかい」

既に退避しておるよ、と智宣が頷く。

「あとはわしと父上だけじゃ。……禎子《ていこ》とは少しでも話がお出来になりましたか、兄上?」

智宣のすぐ下の妹・禎子は熙の許嫁《いいなずけ》である。二年後、禎子が十六になったら祝言を挙げる予定だった。当人よりそれを楽しみにしているのが智宣ではあるのだが。

「離臼の直前に御母堂とご挨拶にお越しいただいたよ。津久見の知人方へ身を寄せるとのことだったな。なによりの心配はおまえだと話しておられたが」

智宣は返事をしない。

「早めに退避するんだぞ、智」

その膨れた顔を見れば、家内でもかなり悶着《もんちゃく》があったのだろうことは容易に想像がついた。

智宣の父はまだそう年配ではないが足が悪く、臼杵隊への参入は難しい。だが士分《しぶん》らしく、逃げずに屋敷で迎え撃つ心づもりだそうだ。

長男であり唯一の男子でもある智宣は、もちろん父を支えるために残ったのだろうが、いかんせんこの性分だ。早く退避せよとの小言を素直に受け入れられるはずもなく、このままだと一人でも敵の中に突っ込みかねない。

「町家の動けない女子《おんなこ》どもや病人は各寺社へ行くそうだ。いざとなれば御前《父上》をお連れしろよ。何か困ったらすぐ俺に言え。舅 御《しゅうとご》さえ助けられ《す》ぬ男よと後ろ指をさされとうはないからな」

承知しております、と渋々智宣は頷く。

「そうだ、聞いてくれ芳、兄上は予備隊にお入りだそうだ」

「さすがは我らの兄者です。……智さんよ。そう不貞腐《ふてくさ》れた顔しなさんな」

芳三郎はそのあたりの事情を素早く察して智宣を宥めている。ふと煕を見た。

「八隊に分けられたと聞いておりますが、もう配属もお済みですか？」

「よく知っているな。俺は八番隊、組頭《くみがしら》は中島信衛《なかじまのぶえ》殿だ」

稲葉家家老の長男であった稲葉頼を筆頭に、副指揮には藩御用人であった先代嘉建《よしたつ》の長男、小倉五郎八《おぐらごろうはち》、これも藩御旗奉行長男、若林永興《わかばやしながおき》を据えた。
一、二番隊を本隊とし、三番隊から八番隊を予備隊（刀槍《とうそう》隊）として組織を編成した。
「しかし兄者、本隊にしか銃装備がないともお聞きしましたが」

耳の早い芳三郎には、その通りだと事実を返すしかなかった。

かき集めた銃器は二百挺《ちょう》余。徴収した中には猟銃さえあった。到底、隊士八百名に行き渡るものでもない。そのため本隊のみが銃備を持つことになっていた。残った予備隊は、各自が持参した槍《やり》や弓矢、刀に頼むしかない。

「にわか仕込みの銃扱いより、やはり我らならば持ち慣れた長物《ながもの》であろうよ」

そうですよ、と力強く智宣が同意する。

「近年の触れもあり、剣術とは縁のなかった者も多いと聞きます。ですから参謀の日下《くさか》殿まで駆り出しての鍛錬を行っていらっしゃるとか。参謀殿御自らお出にならずとも、指南なら私でも多少お役に立てまするのに」

上目遣いに見上げてくる智宣に思わず苦笑した。

「そうか、智は日下東《あづま》殿を知らなんだか」

智宣は首を傾げている。

「お父上の蔵之丞《くらのじょう》殿は長く江戸詰めの御留守居役《おるすいやく》を務められた方でな。日下殿ご自身は明治の初年に仏式兵学調練に藩命で福山《ふくやま》藩に御留学なされている。明治六年の大分の百姓一揆の騒動に際し『臼杵士族隊』として当時の士分二百余名を率いて縣廳に征《ゆ》かれたこともある。有名な兵学の大教授ぞ」

「六年の大分の役《えき》は子どもながらに聞いたことがありますよ、そうかそれで参謀の御役に」

芳三郎は得心した顔をしている。

「他にも当代随一の剣豪と名高い片切八三郎《かたぎりはっさぶろう》さんに、直心影《じきしんかげ》流の河崎《かわさき》先生、その門弟方も多く本隊で教授されておる。その皆々様を差し置いて指南役に就くとは剛毅だのう。なあ、智？」

「兄上、意地悪を申されますな」

知らなかったのだから仕方のないことだ、と熈は笑った。

「そう言いながらも師範も、はるかに及ばずながら俺も、お手伝いはさせていただいておるのよ。いかんせん人数が多すぎる。さすがに一斉調練など、そうそう叶うものではないからの。正直に申せばおまえにもいてほしかった。教え方が良いからな」

智宣はこれでもかというほどに目を見開いた。

「師範と兄上の大調練ですと……！　おお何故《なにゆえ》わしはまだ十六でしかないのか！」

大仰に天を仰いで絶望する智宣を、二人で笑っていた時だった。

「見ろ、あんなところで油を売っておる者どもがおるぞ」

「井戸端会議とは、なんと女々しい者どもよ」

声に振り返れば、松林の間から逆光に、二人がこちらを見下ろしていた。

「あれは濱組《はまぐみ》の……何と言いましたかね」

芳三郎が目を細めている。

「背が高くて髪が少し伸びておるのが岡辺壱六助《おかべいちろくすけ》。短く刈り込んでおるほうが種瀬三岳《たねせみたけ》だ」

どちらも熙とは同年である。

家中士の住まいは、城をぐるりと取り囲むため、侍町と呼ばれている。祇園洲《ぎおんす》ほか、福良《ふくら》、二王座《におざ》、本丁《ほんちょう》、濱《はま》、海添《かいぞえ》と侍町が広がっていたものだったが、維新以降は、海添川《がわ》の北側に沿う辺りに元江戸詰めの定府組《じょうふぐみ》が丁《ちょう》を作っていたり、濱に新たに住居を構える者もおり、明確な身分の線引きが曖昧になりつつあった。

家柄、扶持、内証《ないしょう》の格差——何を以《もっ》て上下を判別するか。況《いわ》んや若輩組に於《お》いてをや、だ。

「そこは女子衆《おなごしゅ》の寄合所かのぅ―!」

「女子でもなく、町家の者でもない侍は、交ぜてはもらえぬようだのう!」

侍町との境に置かれた寺社群から南は町家である。町八丁と呼ばれており、八丁大路を目抜き通りとして扇状に町家が広がっていた。

濱組であれば、家路は町家のさらに向こう——ここからは真逆だろうに。

「わざわざ遠回りしてここに来るとは貴様らも油を売りに来たとみえるなぁ! 高《たこ》う買おうか!」

智宣が舌戦に参加する。こういう場面では負けず嫌いが顔を出しがちだ。熙は芳と顔を見合わせ、そうだそうだと脇で囃《はや》し立ててやった。悪乗りである。

「たかが米屋の小倅《こせがれ》が、わしらに盾つくか!」

「ならばこれより米が買えんでも吠《ほ》え面かくなよ!」

確かに士分と町人、だが岡辺も種瀬も、智宣や芳三郎より一歳上なだけだ。熙は苦笑する。

他所《よそ》の土地のことは知らない。ゆえに視野も広くない。だが、仮に彼らが取っ組み合ったとしても、よほどの怪我などのない限り、あまり大きな問題にはならないと思う。臼杵という町には、不思議とこういう寛容さが醸成されている気がする。

ようし、ならば思い知らせてやろうか、と岡辺らが片袖を捲《まく》り上げた時だった。

「何をしておるか」

よく徹《とお》る声がその場を貫いた。

岡辺らの対角に現れたのは小柄な人影、その後ろに偉丈夫《いじようふ》が立っている。

「兄者、あの方は」

芳の囁《ささや》きに、目を眇《すが》めて熙は確認する。

「海添組の林七五三《はやししめ》殿、後ろの偉丈夫は高橋友衛《たかはしともえ》殿、だな」

こちらも熙とは同年だが林はどことなく近寄りがたい雰囲気があった。岡辺たちとは一線を画したかのような。多くを見、知っているような目と、沈着な姿勢。しかも端整な顔の林は、あまり表情を動かさない。何を考えているかわからないと、遠巻きにする者も少なくはなかった。つまり、ひときわ大人びている。

寡黙な高橋とは仲が良いのか、よく同行しているところを見かけた。

「貴殿らは何を揉《も》めておるのか。この情勢下に」

非難するような言葉尻を感じてか、岡辺はふい、と横を向いた。

「何でもござらん。行くぞ、三岳」

おそらく彼らが苦手なのだろう。そそくさと種瀬とともに岡辺は去っていった。

その間に彼らはこちらへと近づいてきた。

「悶着しておったのか？」

熙は苦笑しつつ首を振った。

「戯《ざ》れ事です。お気になさらず」

「――ほどほどになされよ。今は非常時ゆえな」

林は表情を変えずに言うと、智宣と芳三郎に一瞥《いちべつ》をくれてから、無言で去っていった。高橋に至っては口さえ開かずのままだ。

「非常時、か」

去っていく二人を見ながら呟いた言葉に、智宣と芳三郎がこちらを見たのがわかった。

「本当に、非常時なんですかね。なんだかこう、現《うつつ》のこととは思えないのですが」

芳三郎の言葉は、まさに熙の率直な感想でもあった。

幕末の動乱のあれこれは、長じてから理解するしかなかった。子どもだったこともあるだろうが、豊後――一地方では、そのひりつく熱を肌で感じることは出来なかった。

もちろん余波は受けている。髷を切った。帯刀を禁じられた。身分制度が解かれ、社会の仕組みが変わった。混乱がなかったといえば嘘になるだろうが、子どもにはその変化は浜に寄せる波のように、ゆるやかだった。浜の形そのものを変えるような激しさではなかった。

だが今、感じている危うさは、嵐の前のそれだ。浜の形どころか、湾の形、地形が大きく変わりでもするかのような。

もちろん、これは絵空事ではない。鷗が鳴くこの長閑《のどか》な浜辺にも、じきに戦禍が押し寄せる。だからこそ、避難する者が後を絶たず、武器を取って迎え撃つ準備をしているというのに。

――まだ現だと思えないこの気持ちはなんだ。

本当にこの地を蹂躙する者たちが現れるのか。黄表紙《きびょうし》や講談のような、血腥《ちなまぐさ》く華々しい戦争が起こるというのか。

「薩摩の賊なぞ、鍛えたわしのこの腕で追い返してやるのに！」

智宣が悔しそうにそう言って、小さな石を波打ち際に投げつけた。

「応、腕ならば俺だとて！」

芳三郎も負けじと腕を突き出す。だがすぐに下ろした。

「俺とて男子でございます。この町を――みんなを守りたいと思っていても、仮にその力があったとしても、俺は士族ではございませんから戦えませぬ。この期に及んで言うても詮無いことではありますが」

数だけで言えば臼杵に士族は千三百人超。女に子ども――赤子まで含めた数字だ。臼杵隊有志凡《およ》そ八百とはいうが――正確には七百五十人ほどであった。

戦うことだけで言えば、侍町の若衆より芳三郎のほうがよほど腕が立つ。なのに加わることを許されない。

士族である智宣も、腕に覚えのある芳三郎も、今は守るべき側の人間だ。だがそうではない彼らもまた、守られるのみならず、守りたいと思っている。その想いはよくわかるからこそ。

意志の強そうな眉の下、切れ長の目が熈を見る。

「兄者、臼杵を頼みますぞ」

「兄上！」

逆光で既にお互いの顔がほの暗い。だがそのまなざしの強さは残照にも負けていない。

「もちろんだとも」

そう返すのが精一杯だった。

2

「暑い……」

熙は顔を上げる。

五月二十五日。陽気は早朝から既に五月のそれではなかった。夏と言っても過言ではない。調練の手伝いを兼ねて、熙は連日留恵社に泊まり込みをしていた。廃刀令がまだ近年ということもあり、刀を見たことのない者はさすがにおらず、触った経験のない者も少なくはあったが、いざ振えるかといえば話は別だ。

かくいう熙とて、持ち慣れているのはあくまでも稽古用の木刀である。

臼杵には直心影流の有名な免許皆伝者がいる。河崎義教《よしのり》先生その人だ。祖父は藩校創設時から講武所において直心影流世話役を務め、その父も、また彼自身も藩の武術師範を任されてきた。

河崎先生は今般の臼杵隊でも一番隊・副隊長の座に就いている。

翻って熙たちの道場の師範は違う。流派は違えど、この地で祖父の代から道場を営んできたというから、腕の立つ武術家の一人であることは間違いない。

だが道場は、剣術稽古もするが、他方では読み書きなども教える雑多な寄合所のようなものだった。明治になって剣術道場への風当たりが厳しくなり始めてもなお、人で溢れていたのにはそういう韜晦《とうかい》が功を奏したのかもしれない。

現在、師範は予備隊の年少の者らに剣術指南を施している。臼杵隊として参加せず、だが協力を惜しむつもりはないと道場を開放して稽古をつけているという。変わり者の面目躍如だと呆《あき》れる声は少なくない。

だからこそ、芳三郎のような平民だろうが、名家である智宣だろうが分け隔てなく受け入れるのだろう。家や身分に頓着しない。どちらにも拳骨《げんこつ》を落とすし、我が子のように慈しむ。

直心影流とは流派も違うことから、多少疎外感を覚えることもあったが、それでも一門の絆が強いのは、この師範の求心力のせいかもしれなかった。

今日は午前中のうちに師範の手伝いを終えた。屋内の道場では足りず、屋外での調練になったのだが、陽射《ひざ》しの強さからこれ以上は成果なしと師範が断言した。他方の調練はまだ続いており、不平を言う者も少なくはなかったが、師範は前言を撤回しなかった。ただし、戦までの間は、いついかなるときでも刀を手放してはならぬと厳命を受けている。なにより手に馴染《なじ》ませることが先なのだと、師範は何度も繰り返していた。

粘度のある汗のせいで、背中に稽古着が張り付く。行水でもするかと踵《きびす》を返した時、誰かに肩が当たった。

「気をつけろ！」

岡辺壱六助だ。今日は単身である。

「ああ、すまない」

謝って気づく。岡辺もまた、水を浴びたかのようななりである。上半身は裸で、手拭を首に巻き、上気した頬に荒い息遣い。調練は留恵社をはじめとして、各所で行われているから、岡辺がどこに行っているのかまでは知らなかったが、休憩に水でも飲みに来たのだろうか。

「精が出とるようだの」

思わず掛けた言葉に、岡辺はじろりと睨《にら》んできた。

「貴様《うぬ》よりは恪勤《かっきん》じゃ」

敵視される覚えはない。ただ以前、交流試合で打ち合ったことがある。その時は煕が勝ったが、岡辺はどうもそれを根に持っているらしかった。

「此度《こたび》は稽古ではない、殺し合いぞ。貴様のようにへらへらとしておっては、賊にまみえたとて、尻尾を巻いて逃げ出すのではないか」

無論へらへらとしているつもりはない。岡辺にはそのように見えているのだろうか。

「そんなことはない、と言いたいが、さすがに実戦は経験がないからの。俺に討てるかはわからぬのう……」

——実際に敵と相対して、自分に人が殺せるのか。

不安は煕だけではない。ここに集う者のほとんどが戦など知らない。とりわけ若輩で、かつ道場へも通っていない者は、長物を持つという点ひとつとっても話にならない。腰は据わらず、構えは覚束《おぼつか》ず、まして己が怯懦《きょうだ》を飼いならす時間など、到底足りるはずもない。

そんな者たちが、果たして既に戦を経験している薩摩兵相手に、戦えるものだろうか。

多少剣術の心得のある己でさえ、不安でしかないというのに——。

岡辺は鼻息を荒くした。

「怯懦もここに極まれりか！　見てろ、わしは貴様《うぬ》より手柄をあげてやる。士分の神髄は、稽古試合などにあらずと証立《あかしだ》てしてくれるわ！」

そう捨て台詞《ぜりふ》を吐くと、彼は足音も荒く去っていった。

「怯懦か……」

呟いた声には、我ながら力がない。岡辺のように強い気持ちでいたいとは思うものの、どうしても暗くなる。

——城下に入り込まれる前に、叩かねば勝機はないぞ。

数こそ揃《そろ》えたが、白兵戦に耐えうる練度でないことは、誰の目にも明らかだ。だからこそ、市街に入れてはならぬと、それはわかる。それは道理だ。だが。

「町の手前で叩く」

言うは易しいが、振りかぶるのは真剣で、叩くのは人の命だ。懐剣や短刀でさえ、切れれば痛い。ましてや刀を振りかぶれば、斬るのは指では済まない。

これだけの重さ、抜刀せずに戦ったとて相手にはかなりの損害が出よう。また、相手も当然命がけでこちらへ襲い掛かってくるだろう。

なによりこれは戦——試合《しあ》うわけではない。一対一ですらない。そこにあるのは暴力と蹂躙——虐殺かもしれない。

相手からの暴力——そしてこちらからのそれ。

自分は本当に立ち向かえるのか。

熙は大きく息を吐く。腰の刀がひどく重い。

——たしかに、これが怯懦というものなのかもしれなかった。

※※※

事態が動いたのは翌、五月二十六日午後のことである。

急遽《きゅうきょ》、臼杵隊全隊に招集がかかり、緊急配備が言い渡された。状況がよく呑《の》み込めないまま、熙も任に就くことになった。

「ぜんたい、これはどういうことなのですか」

そりゃいきなりの命令だからわからんわなぁ、とため息を吐《つ》いたのは、臨時組頭――半隊長である牧田《まきた》剣《つるぎ》だ。四十五歳だという年齢にしては若く見えた。穂《刀身》の長い大身《おおみ》の槍を傍《そば》に置いている。槍術の名手と謳《うた》われるほどの実力者だというが、髭《ひげ》を生やして目尻の垂れたその顔は幼くすら見える。まるでさきほどまで畑仕事でもしていたかのような、のんびりした表情だ。寡黙だと聞いていたが、たまたま傍にいたのが年少《わか》い熙だったからか、緊張を解《ほぐ》すかのように話しだした。

「わしも詳しくは知らされておらんのだが、佐伯湾でひと悶着あったらしいんだわ」

実際には悶着という可愛らしいものではない。

二十六日午前、浅間艦が佐伯湾に入った。偵察のため海軍の福間少尉以下十二名が上陸しようとしたところ、浜から狙撃を受けたという。

死者二名、負傷者五名で辛くも帰艦する。浅間艦はすぐさま報復に出た。

攻撃は浜からだった――ならばと、三十三発の砲弾を浴びせたというのだ。

「艦砲射撃ですか」

驚いた熙に、牧田は頷く。

「薩軍は既に二十五日に佐伯に入っていたようでな。浜には三百名もの兵士が屯営していたらしい」

三百名、と熙は息を呑む。その人数が市街を抜けて佐伯の浜へ……人目に付かないわけがない。

「住民はそれを黙殺しておったようだ」

いや、と熙は首を振った。

「突如、三百もの薩軍の侵攻であれば、下手に応戦しては危険です……佐伯にしても寝耳に水の急な侵攻だったのでしょうし。そのまま戦闘にでもなって町を焼かれては多くの民にも被害が出ます。声を上げようにもそれが出来なかったのが本音では」

牧田は驚いたように目を瞠《みは》って、頷いた。

「まあその通りだろうな。豊後にはほぼ電線もないから、住民には知らせる術《すべ》もない。浅間にしても賊が海に屯しているなんて思いもせなんだのだろうしなぁ」

煕は顎に拳を当てた。

「海……なぜ海に」

牧田は首を傾げる。煕は顔を上げた。

「今、薩軍はどこに？」

薩軍は被害甚大のまま佐伯から撤退、しかし重岡《しげおか》からの増援部隊と合流し、本日午後現在、川登《かわのぼり》に在るという。

現在の危険性がわかるなりぞっとした。背中を冷たい汗が伝う。

「川登といえば……ここからたった六里《約二十四キロ》ではないですか！」

敵軍はもうすぐそこまで迫っているというのか――。

「だからこそ、緊急のこの仕儀であろうよ」

南東に津久見峠、南西は籠ノ瀬《かごのせ》を前線としているが、配置通りに守備に就いたものの――煕の不安は強くなる。

彼らには、臼杵隊以上の銃火器がある。果たして止められるものだろうか。

「半隊長殿……その、我が隊に、いや臼杵に増援はないのですか」

傍にいた隊士の一人が心配そうに訊ねている。同じ不安を抱えているのだろう。

「そうさなあ……要請はしとるんじゃろうがのう」

牧田の歯切れが悪いのも仕方がないだろう。そもそも五日ほど前に臼杵隊編成を上申した折、同時に応援を要請している。が、今に至るも縣廳からはその返事がないのだ。

「せめて銃火器、弾薬くらい……現状の装備では心許《こころもと》ないでしょう。訓練に使う弾さえ不足しているというのに」

「これこれ、勝敗は兵家《へいか》も期《き》すべからずだよ。及び腰は装備以前の問題だ」

のんびり言いながら、集まってきた隊士らに笑うと、牧田は持ち場へ戻れーと億劫《おっくう》そうに声を張り上げた。

「一応、半隊長だからなぁ、わしゃあ」

緊迫する場面で慌てふためいた様子を見せないのは上に立つ者だからだろうか。

牧田のおかげで、熙も少し落ち着きを取り戻せた気がした。

※※※

夜になっていったん隊士たちは留恵社に招集された。もちろん全員は収容出来ないため、各隊役職者のみではあったが、熙はなぜか牧田についてこいと言われた。目を掛けられてのことなのか、単に気まぐれだったのか。言われるがまま大人しく随従した。

聞き及んでいるだろうが、と、前方で説明を始めたのは副指揮、若林永興である。背は高くない。だが、その存在感は大きかった。

静かな声が人々の間を徹っていく。

「臼杵にはまだ電信がない。我々が恃《たの》むところは一日も一刻も早い生きた報せ——即《すなわ》ち『情報』である」

応、と声が上がる。

「情報が早ければその分備えることが出来る。虚を突かれれば崩れる。それは今回の佐伯の戦いが物語っていよう。そのために延岡《のべおか》に薩軍が侵攻して以来、留恵社の社員を探偵となさしめ、遣わしてきたのだが」

一同を見回す。

「現況を周知しよう。薩摩の軍勢は各隊に分かれ各個、進軍中である。激戦となっている人吉《ひとよし》の戦いは依然終息する気配もなく、おそらくそこが大きな戦いの場となろう。翻って我らが豊後方面においての脅威は、野村忍助率いる奇兵隊である」

薩摩の奇兵隊は現在、佐土原隊、正義隊、中津隊、延岡隊、高鍋隊、佐伯隊と合流しながら膨らんで、約千あまりの混成隊となっていた。

千、と誰かが息を呑んだ。

「これらは延岡、熊田から進んでのち、重岡方面、切畑《きりはた》方面と二手に分かれている。重岡方面の奇兵隊は、三田井《みたい》に陣を置き、十四日に馬見原《まみはら》で熊本鎮台との激闘の後、再び三田井に退いた。官軍は鎮台兵を竹田に割き、第一旅団が三田井攻勢をしかけ、昨日二十五日に官軍が三田井を制圧したとの報がある」

おおお、とどよめきが起こった。

「おそらく第一旅団はこの後、熊本鎮台とともに重岡を攻略するだろうが、敵も頑強、すぐに決着はつくものではない。戦況は一進一退となるだろう。問題は残るもう片方だ」

赤松峠《あかまつ》を越え、切畑方面に進んだ部隊のほうだ。

「昨日二十五日、彼らは佐伯に侵攻した。警察署や裁判所などを襲撃し、数約三百ほどで海浜に屯駐、それを知らずに本日二十六日午前、戦艦浅間が佐伯湾に回航、小艇《ボート》によって上陸を為《な》さんとした際、浜からの襲撃を受けた」

若林は息を継ぐ。

「むろん浅間艦は報復に出ている。薩軍は被害甚大のまま退去したがすぐさま重岡からの増援があったようだ。本日午後、薩軍は川登に在る。数は不明だがそのために諸君には出動の命を出した」

当然である！　と呼応する者が多かった。彼らがそのまま臼杵に来ない保証はどこにもないのだ。

「先に協議した時も申したが、士族たる我らがなにより重んじるのが大義名分、忠君保民の道である。諸君はその大義のため、また民のため、この地のために集結してくれたわけだが――」

若林はここで初めて言いよどんだ。

「官兵の派遣に加え、熊本鎮台への銃器の貸下げについての陳情は、未だ返答がない」

どういうことか、とあちこちで声が上がる。

「仮にも上申を蔑《ないがし》ろにするとは！」

「縣廳《けんちょう》は状況をどう捉えておるのだ！」

静粛に、と傍に控えていた男が一喝する。一番隊隊長の矢野《やの》である。うむ、と若林は彼を見て再び口を開く。

「本日集まってもらったのは、臼杵隊としての対応の協議である」

編成時の協議で、竹田の報国隊のように、不本意な形で薩軍に組み込まれることは論外だとする声が多かった。しかし数と火力が違う。このまま臼杵隊単独で戦って勝機があるとは思えない。

徹底抗戦するか、それとも――。

「縣廳へ再度人を遣り、至急応援を」

「それより残った周辺士分と手を組んで」

「いやたとえ賊刃《ぞくじん》に果てようとも、ここは士分の本懐たるところを見せるべき時であろうが！」

「縣廳は、中央は我らが窮地を見捨てる気か！」

紛糾し始めた室内の隅で控えていた熙はふと考え込んだ。最初は末席とはいえ、お役方《やくかた》からの冷たい視線も加え居心地が悪かったが、場がざわつくとむしろ集中出来る気がした。

「中央は三田井に手いっぱいで、まだ臼杵の危機が見えていないだけやも」

「……どういうことだ？」

牧田が伸びていた顎の髭を指の腹で摩《さす》りながら、熙の独り言に反応した。熙は恐縮したが、続けてみろと促され、いくぶん小声になる。

「三田井に時を取られているこの間《ま》に、薩軍が臼杵の有用性に気づいてしまうという恐れがないかと」

「有用性？」

ええ、と頷く。薩軍が佐伯の海に屯営していたと聞いた時から引っかかってはいたことだ。

薩軍は、なぜわざわざ海浜に屯したのか。

最初から佐伯湾を手中に入れることが目的だったとしたら――？

「聞いたことがあります。臼杵城を陥落せばすぐに海上交通の要所を得ることが叶うと。そのまま一気に四国上陸という図はあり得ます」

そうだな、と牧田は首肯する。

「だが海上へ出る手段は」

「小舟や漁船に扮《ふん》することは出来ましょうし、どこからか船を引っ張ってくる予定だったのかもしれません。あるいは戦艦を乗っ取るという企てだったやも」

「戦艦奪取とは大胆な！」

牧田は笑い、すぐに笑みを収める。

「だがあり得ないことではない、か――」

佐伯の小艇襲撃も、もし乗員が全滅してしまっていたら、乗員に扮した敵が浅間に乗り込まなかったとも限らない。

今回は戦艦奪取は叶わなかった。浅間の報復はすさまじく、薩軍側にもかなりの被害が出ている。そのため佐伯湾を拠点とすることも出来ず撤退した。だが、それで退去した者たちが、同じような湾を構える、この臼杵に目標を変えないといえるだろうか。

「臼杵に火がつけば、中央政府はこれに気づくでしょう。ここが陥落され、海上を押さえられたら彼らの本州上陸の企図は誰の目にも明らか。さすがに増援がくるはずです。我らはそれまでこの地を死守出来ればよいのではないでしょうか。我らが力尽きれば中央にとっても不利、翻って大分にとっても非常な脅威となりましょう」

「中央がこの危機に気づいているか否か、か。あるいは気づいていながら単に手が回っていないだけなのか、もしくは――」

牧田は唇を持ち上げた。

「我らが試されているか、のどれかというわけだ」

「おめおめと我らが力尽きることを望んでいるのは、おそらく薩軍だけのはずです」

「縣廳を信じよと？」

皮肉げに牧田が煕を見た時だった。

「我らのやることは決まっておろう？」

鋭い声に、牧田と煕は同時に顔を向けた。髪を後方に撫《な》でつけ、その背筋を伸ばして座した三十路がらみの男——剣豪との呼び名の高い、片切八三郎である。

「ただこの地を守ることだけだ。仮に援軍支援があったとて、戦う者は我らで、守る者は我らの故郷である。余所者《よそもの》に我が町を焼かせてなるものか。我らはここを死守するのみぞ！」

大きな呼応が上がる。拳が突き出される。散漫だった一同の意志が、みるみる纏《まと》まっていく。

「大した御仁《ごじん》だよ、片切さんは」

明治の初め、藩命により四国高知に剣術修行に出た逸話は、剣術の徒であれば誰もが知っている。果たして修行先では八三郎に敵《かな》う者がおらず、逆に高知藩士が彼に教えを乞うたというほどの、無双の剣豪だ。

「兄上殿も鼻が高かろうな」

八三郎と同じく分隊長として座している、一番隊の安野《やすの》實《みのる》は彼の実兄でもある。目を閉じて八三郎や他の者の言葉に頷いていたが、その口角は心なしか上がっている。

「たしか御養子に入られたんでしたよね」

牧田は頷く。

「片切家に入られて、わずか数年で養家の借銭を整理なさった辣腕家じゃ。荘《しょう》田《だ》平《へい》五《ご》郎《ろう》さんの名はお主も知っておるだろう？」

もちろんである。もっとも熙に面識を得る機会はなかったが。荘田平五郎とは、明治三年に東京の慶應義塾に入塾、先年、三菱商会に入社したという、臼杵屈指の傑物だった。

「荘田さんは片切さんの同輩よ。漢籍も英学も一等一流、加えて人品高邁《こうまい》な御仁だ。片切さんもそうだ。剣技のみでなく頭も切れる。……これだからわしは臼杵から離れられんのよ」

熙は首を傾げる。牧田は熙を見た。

「臼杵《ここ》はな、未来《さき》を見ておる。士分の面目、武士の魂、確かに大事なものではあった。だが喪《うしな》うものを追うたりせぬ。水が流れる方向が変わるなら、それに沿うように形を変えていく。そのために、どう変われるかを思案して、合議して、どうすれば皆が良くなるかを考える。その気風がある」

中央政府のやり方に、決して諸手《もろて》を挙げて賛同したわけではない。むしろ反発も少なくなかった。しかし国は開かれたのだ。

もう鎖国の時代には戻れない。

それが動かぬことと判った時からいち早く動いた——留恵社を作ったのだ。

「今が辛いなら、未来《さき》を良くするしかないではないか。のう?」

未来、と熙は口にする。

「わしらがこの地を死守したいのは、少しでも良き未来を、子どもたちに渡してやりたいからだの」

牧田は熙の頭に手を置いた。

「おまえにもだぞ、赤嶺熙。おまえは物が見えている。良い目をしている。おまえのような者がこそ、この地を担っていかねばならん」

背中が燃えるように熱くなった。わずかに俯《うつむ》く。嬉《うれ》しさを噛みしめながら首を振った。

「め、滅相もない、ただの若輩者の思い付きでございます！」

謙遜は要らん、と牧田は真剣な顔をした。

「だが、その冷静な判断力を失うなよ。戦闘に於いても冷静であることが生死を分けるからな。どんなことがあっても激してはならん」

冷静、と呟いた。牧田は眉を八の字にすると、熙の頭を杖にするようにして立ち上がった。

「そんならちょっくら、参謀殿にご注進に行っち来よかね」

「半隊長殿」

その呼び方は止《よ》してくれ、と牧田は笑う。

「おまえのような奴《やつ》こそがこの土地をもり立ててゆくのだ」

牧田はひらひらと手を振りながら、歩いて行った。

※※※

翌二十七日になって川登の薩軍は重岡まで退き、熙たち臼杵隊の武装はいったん解除された。安堵は大きく、屯所《とんしよ》の留恵社の隅で、鼾《いびき》をかきながら眠る隊士が幾人も見受けられた。熙もまたその一人だった。泥のように深い眠りを貪った。夢さえも見なかった。

同日深夜、大分縣権令《ごんれい》の親書が齎される。官兵の援軍、弾薬等の支援については一筆もなかったが、それでも人員を備えて守護せよとの布達《ふたつ》は届けられた。

――臼杵隊は、ここに至ってようやく正式な認可を得た防衛隊となったのである。

3

「兄上——！」

なじみの声に顔を上げた。智宣だ。手を振っている。

「探しましたよ兄上！」

上気した顔に笑みまで浮かんでいる。不穏な報せではなさそうだ。

「なんだ……どうした。屯所に来るとは、火急の用か」

「火急も火急にございます」

智宣は熙の背を押した。

「なんだなんだ。俺はこれから牧田さんと打ち合わせを」

「お役目ご苦労さまでございます！　ですがね兄上、わしはその牧田様から兄上を呼んで来いと言われてきたんですよ」

「なぜ智が」

智宣は上機嫌だ。

「まあまあ、来てみればわかります！」

留恵社から歩かされてほどなく、寺社群を抜けて、向かうは平清水《ひらそうず》の大橋寺《だいきようじ》である。

「智宣、一体何を」

言いかけて息を呑んだ。

元々大橋寺の入り口は狭い。ここはかつて、臼杵七島《しちとう》と呼ばれる島のひとつ、森島《もりしま》だったところだ。

川に面しており、北側には松島《まつしま》も見える。

寺号標の脇の門を開けると、そこからゆるやかな坂になっていて、上りきったところに境内と墓地とが広がっている。だがその坂も既に溢れるような人だかりであった。

そのほとんどが黒い制服姿、洋袴《ズボン》である。腰に下げられた長い日本刀、帽子に入った銀一本線に、ぴんとこないはずもない。

「警視隊……！」

そうです兄上、と智宣が破顔した。

「驚きましたか」

正直なところ、来援はもう望むべくもないと思っていた。

入ってくる薩軍の情報は酸鼻を極めたものが多い。また数と銃火器を備えた鎮台兵ですら互角、あるいは下せるだけの技量と備えがあるともいう。

臼杵に火が付けばきっと派遣がくると牧田に語りはしたが、それも臼杵が数日持ちこたえることが出来れば、の話である。薩軍の銃火器に比べ、こちらの装備はあまりにも弱い。片切や牧田といった手練《てだ》れはいても、ほとんどが戦闘未経験、しかも銃を持てる人数も少なく、頼みの弾薬とてあまりに心許ない。

文字通り決死の守備、下手をすれば最悪の結末をも予想しなければならないだろう。

持ちこたえることさえ、出来ないかもしれないのだ。

臼杵はそれほど重要な拠点ではなかったのかもしれない。見殺しにしても構わないと思われているのかもしれない。自分の予想は最初から間違っていたのではないか。日が経《た》つにつれて考えを改めていたところだ。

——まさか本当に来援があろうとは。

たとえ、それが鎮台兵ではなかったとしても。

熙は胸がいっぱいで声も出ない。

「おう来たか、赤嶺」

「牧田さん」

彼らと話していたらしい一群の中から出てきた牧田が、熙を見つけたらしい。

「これはいったい」

「おまえの読みが正しかったようだ」

牧田はどこか誇らしい顔だ。

「大分から警視隊が来てくれたぞ」

「僅か百二十数名の加勢でしかないですがね」

牧田と話していたらしい一人が近づいてきた。上背がある。六尺《約百八十センチメートル》はあるだろう。姿勢も良く、堂々としている。

「初めましてだな、お若い隊士方」

帽子のつばを持ちあげる。整った顔立ちに人好きする笑みを浮かべた。

「俺は豊後口《ぐち》第二号警視隊二番小隊で什長《じゅうちょう》を拝命している。重藤《じゅうとう》という。警部補だ」

二十代半ばくらいだろうか。筋骨隆々ではないが、頼りない体つきというわけでもない。

「臼杵隊八番隊、赤嶺熙です」

「同じく、瀧山智宣でございます」

思わず智宣を振り返った。得意げに笑みを浮かべている。

「智……」

「良いのだ、赤嶺」

牧田が笑う。

「瀧山も八番隊だ……ただし後方の後方だぞ」

「牧田さん！　よろしいのですか」

瀧山殿に頼まれたのだ、と牧田は頭を掻いた。

いよいよ不穏さが迫ったことから、大橋寺に無理やり父を運んできた智宣は到着した警視隊を発見、すぐさま留恵社に駆け込み、牧田に指示を仰いだという。息子の迅速な行動を褒められ気を良くした智宣の父は居合わせた牧田に懇願し、智宣を八番隊にねじ込んだ。そして当人はそのまま屋敷に戻ってしまったらしいが、上機嫌の智宣は意に介してもいない。

「これでわしも白襷《しろだすき》が出来まする！」

臼杵隊は、同士討ちを避けるために左肩から右脇に白い襷を掛けることになっていた。

「頼もしいですな」

重藤は微笑んでいる。

「赤嶺殿はおいくつか……十八くらいか」

「十七でございますが」

そうか、と重藤はふと遠い目をした。

「俺の弟と同じくらいだと思うてな。お二方とも、くれぐれも命は大事になされよ」

軽く熙の肩を叩いて、牧田に促されるように大橋寺へ入っていった。

その大きな上背を見上げて、なぜか熙は小さく武者震いをした。

——それが、重藤脩祐《ながよし》との出会いである。

二章　戦役・喪失　臼杵／六月

久住／六月十七日

出立は早朝と言っていい時間だった。まだ陽は昇ってはいない。それでも藍の空は東の端から色を薄くしている。

茶色い犬――ろく爺《じい》は小さな背負子《しょいこ》を背に背負っていた。恰好は一人前である。遠出の気配を察してか、興奮を隠しきれない様子で最前から庭に穴を掘っている。

「ろく爺……お主今からそんな状態では日暮れまで保《も》たぬのではないか」

派手に土を飛ばすろくの脇、しゃがんで思わずそう声を掛ける。背後で、苦笑する気配がした。

女は穴井妙《あないたえ》と名乗った。昨晩、回想を交えながらの話は夜が更けても終わらず、しかしどこで何の興を引いたものか、妙のほうから翌朝の登山を提案してきたのだ。

「失礼だが、妙どのは山の案内にお詳しくていらっしゃるのですか」

妙の死んだ夫は猟師だったという。ろく爺とともに久住山で狩りをしていた。猟師の常か、長年の健脚と山読みが評判となり、集落に彼《か》の人ありと名を馳《は》せた。それにあやかるようにして相棒も『穴井のろく』として有名になったものらしい。

「主人と一緒に何度か歩きました」

「何度、か、ですか?」

よほど心細そうな声に聞こえたのか、妙はわずかに目を細めた。

「ろくもおりますし。人を捜したことはありませんが、迷ったこともございませぬゆえ」

熙《ひろむ》は呆れる。それは迷うような場所を歩いていないからなのではないか。心配な点は妙の軽装備にもある。熙に持たされた装備の半分もないのだ。

だが妙はご心配なく、と澄まし顔だ。

「少なくとも、赤嶺《あかみね》さんより山には明るうございますれば」

思わず口を噤《つぐ》んでしまった。草臥《くたび》れた体や脚の疲労を見て取ったのだろうか。いや気取《けど》られるようなことはあるまいが。冷や汗が出る。

それは住み慣れた土地を離れて思い知らされたことだった。

——どうも自分には方向音痴の気があるらしい。

「参りましょう」

妙は顔を上げる。いよいよ山の端が明るくなってきた。

「先は長《なご》うございます。昨夜の続き、捜し人の詳細もお聞かせくださいまし」

1

来援は豊後口第二号警視隊二番小隊——隊長の山田強は、現在留恵社を訪ねている頃だという。

大橋寺では大鍋から真っ白い湯気が立ち上っている。警視隊のための炊き出しが始まっていた。

「兄者！　智《とも》さん！」

人でごったがえしている中、飛び上がりながら手を振っているのは芳三郎《よしさぶろう》だった。

加勢に来てくれたのだろう、芳三郎の父母や兄弟、店の使用人たちがかいがいしく働いていた。大橋寺に避難している女子衆も忙《せわ》しなく立ち動いている。

百二十人からの飯を用意するのは楽な仕事ではないが、皆の顔は明るかった。

人の隙間を縫うようにして、お盆を持った芳三郎が寄ってくる。男子のくせにという小言はどこからも飛んでこない。なにせ手が足りないのだ。

「智さんも正式に隊士なんだって？」

おうよ、と大張り切りの智宣《とものぶ》は白襷を自慢げに見せた。

良かったな、との芳三郎の言葉に、智宣は頷く。どちらも無言で固く肩を抱き合った。

「取り込み中、申し訳ない。その握り飯は貰ってもよかろうかな」

不意に頭上に影が落ちる。見上げると重藤《じゆうとう》が覗《のぞ》き込んでいた。

「し、し、失礼しました」

「謝る必要はないよ。俺は君たちの上役でも何でもない」

彼は苦笑する。

「重藤さん」

背後から呼ばれて、重藤は盆の上の握り飯をいくつか摑み、近づいてきた男に渡した。こちらもにこやかな男だった。年齢は重藤より少し若いくらいだろうか。肉にうずもれるかのような頰のせいか目は細い。重藤と同じほどの背恰好だが、目方はおそらくこちらが上だろう。体格は良かった。

「こちらは什長の河根森剛《かわねもりごう》さんだ」

「河根森だ。よろしくなお若い隊士さんたち。では重藤什長殿、のちほど」

彼は丸い指を広げてひらひらと子どもをあやすように動かしてから、握り飯を抱えて去っていった。

重藤とは違い、飯がよく似合う男だという印象を残す。

「什長殿とは、どういうお役目なのですか」

指についた米粒を食べながら、重藤は少し辺りをうかがって、裏に行こうかと無言で促した。

「人目について油を売っていると思われるのも困るからね……いや、怠けているわけではないのだけれど」

言い訳の仕方がおかしいのか、芳三郎が小さく笑っている。

「簡単に言うと什長ってのは十人の長の意だ。半隊長の下で、部下をまとめる役ってことだよ。要は小間使いさ」

「ご立派なお役目じゃないですか」

「俺が立派なんじゃなくて、働いている部下たちが立派なんだよ」

芳三郎の盆に残っていたおおきな握り飯は二つ。差し出された小皿の瓜《うり》の粕《かす》漬けをつまんで、重藤は目を糸にしてから、君たちもここで食べたら良かろうと言い出した。

「しかしこれは警視隊の方々への炊き出しで」

「構わん構わん。腹に入ってしまえば誰が食ったかなんて証はない」

腹は減っていないといえば嘘になる。躊躇《ちゅうちょ》している隙に、ならば、と智宣が二つをそれぞれ半分に割った。

「こうすれば皆の口に入りまする」

重藤は目を細めてから、賢明だと智宣の頭を撫でた。

「しかし豊後は食べ物が美味《うま》いな」

空になった盆に重藤は丁寧に手を合わせた。慌てて煕らもそれに倣う。

「重藤什長殿」

「やめてくれ、それでなくても什長で重藤なんだぜ、じゅうじゅう言うのは魚を焼く時だけでたくさんだ」

笑い声が上がる。せめてさん付け、もしくは脩祐《ながよつ》さんとでも、と譃《おど》けてさらに重藤は場を和ませた。

智宣が語感を気に入って頻《しき》りに「ながよっさん」と繰り返している。

「みなさんはいつ豊後に？」

「東京を出たのは五月十一日だったよ。列車と船を乗り継いで、佐賀関に着いたのが十六日だ。到着そうそう手荒い歓迎を受けたよ」

「歓迎？」

「――襲撃ともいうな」

一同は息を呑むが、重藤は澄ましている。

豊後口第二号警視隊――二月に豊後入りした豊後口警視隊と区別するために、後続警視隊とも呼ばれる。

三等大警部、村田保三を総指揮とし、一番隊、二番隊より編成される。各隊百十四人他、総勢二百四十七人の所帯で豊後方面の守護として派遣されたのだという。

到着した十六日の深夜、縣廳《けんちょう》守護の任に就くための行軍中、鶴崎《つるさき》にて薩軍二百名による襲撃を受けたのだ。

「縣廳守護のために移動するはずだったが、いかんせん弾薬が届いていなかった。仕方がないからそこで待機を余儀なくされたんだ。佐賀関から目的の物が到着したのが深夜で、そこからようやくの進軍。襲われたのはその直後だったよ」

襲撃は十六日深夜の鶴崎――戦死二名、負傷者五名を出す戦いになったという。

「先日、竹田が薩軍に占領された。それは知っているか?」

三人は同時に頷いた。

「竹田士族が六百人にも上る報国隊なるものを作り、薩軍に与したと聞いています」

重藤は苦笑した。

「その報国隊のほとんどは脅されて組み込まれた者が多かったのだがな。だが鶴崎の襲撃の中には、その報国隊の連中もいたのだよ」

え、と熙は声を上げた。

「待ってください、竹田の報国隊は十六日、十七日現地で徴兵されたと聞いていますが?」

勘定が合わない。重藤は頷いた。

「つまり竹田士族の一部は、少なくとも報国隊結成より前に、既に薩軍に加わっていたということだな」

智宣は苦虫を噛みつぶしたような顔をしている。

鶴崎の襲撃後、重藤らは戦艦孟春に乗船し、翌十七日に大分港春日浦《かすがうら》に至った。そこから大分守護の任に当たっていたという。

「ながよっさん、竹田への攻勢は……加勢はよろしかったのですか」

「竹田は取り戻したよ」

まことですか、と智宣が驚いた顔をする。

「昨日、二十九日のことだ。熊本の鎮台・警視徴募隊勢が、薩軍・報国隊とぶつかった。報国隊も半分近くが即座に投降したそうだ」

思わず力の入っていた肩が下がる。数が減れば、それだけ脅威も減る。

「さっきも言ったが報国隊は家族を質にとられ、脅されて組み込まれた者たちも多かった。大半は抵抗しなかったと聞くし、大きなお咎《とが》めもないのではないかな」

そうだと良いです、と芳三郎が頷いている。

「そういえば熊本鎮台の総督から探偵を命じられたのは臼杵士族出身の警部だったらしいな……何という名だったか……そう、藤丸《ふじまる》だ」

重岡の分署長だったそうだが、と眉を寄せる。

「その人がどうかしたんですか」

無邪気に訊《き》く智宣を見て、重藤は少し間を置いた。

「嚮導《きょうどう》（地理案内）と探偵は重要だが危険な任務だ。藤丸警部は十九日に薩軍に捕まった。竹田の報国隊のように薩軍への加軍を強要されるもこれを拒絶、稲葉川《いなばがわ》の河原で——処刑されたそうだ」

処刑、と熙は繰り返した。

『我々が恃むところは一日も一刻も早い生きた報せ——即ち『情報』である』

「情報が……途切れた」

重藤は黙り込んだ智宣や芳三郎を見、次いで呟いた熙を見て頷いた。

「そうだ赤嶺。情報が明暗を分ける。……現状を整理しておこうか」

重藤はその辺に落ちていた棒を拾うと、地面に大雑把に地図を描いた。

本日三十日払暁《ふつぎょう》の時点で、薩軍は三重市《みえいち》を占領している。戦線は三国《みくに》峠、旗返《はたがえし》峠、梅津越《うめづごえ》にあるという。

「こちらの探偵によると三重市の敵兵力は二百という話だ。別働遊撃第一中隊（村田中隊）と第十四連隊第二大隊第一中隊左小隊（安部井中隊）が同数でこれに当たっている。ここも一両日で決着がつくだろう」

二百ですか……と熈は繰り返した。

「どうした？」

「少なすぎやしませんか」

「いや、竹田戦で敗走した薩軍の残党だからではないかな。三重市まで追い詰めたから、途中離脱する者、力尽きる者も少なくなかろう」

確かにそれも十分に考えられはするが……どこか腑に落ちない感覚だけが残る。

「そういえば野村忍助《のむらおしすけ》が、豊後方面の総指揮に伊東直二《いとうなおじ》を送り込んだともいうな……来る直前に聞いた情報だから、間に合っていないやもしれんが」

「伊東直二？」

聞き覚えのある名前だ。熈は記憶を探る。

「たしか植木《うえき》戦で、官軍の軍旗を奪った隊の隊長ではなかったでしょうか」

「おおよく知ってるな……まあ知れ渡りもするか。あれだけ新聞にも派手に書かれればな」

乃木希典《のぎまれすけ》率いる小倉《こくら》の歩兵十四連隊が隊旗を奪われた一件である。旗手である少尉が戦死したためにその軍旗を奪われた事件は、今般大活躍中の従軍記者の力も手伝って、あっという間に人口に膾炙《かいしゃ》した。

「植木戦でもこの隊の投入で情勢が変わったと仄聞《そくぶん》しましたが」

重藤の目が細められる。

「耳目を欹《そばだ》てる情報にでなく、相手勢力を見る、か。赤嶺は面白い目を持っているな」

褒められて頬が熱くなる。

さすがは兄上、兄者と声が上がるのに首を振り、煕は続ける。

「薩軍は決して愚鈍ではありません。むしろ狡知《こうち》です。やはり二百というのが俺には気になります
……いえ、探偵の情報を疑うわけではないのですけど」

煕は考える。

——もしも、二百という情報が囮《おとり》、あるいはそう思わせる欺瞞《ぎまん》の情報だったならば、と。

「伊東の兵力は、如何《いか》ほどなのでしょうか」

詳細はわからんが、と重藤は考え込んだ。

「たしか八百と」

不安が的中せねばいい、と煕は思った。

おそらくこの場は誰もが同じ思いだっただろう。

2

臼杵城には時を告げる時鐘櫓《ときかねやぐら》——原山時鐘《はらやまじしょう》がある。廃城後は畳櫓《たたみやぐら》に移設されていた。町で平生使われているそれは陣山からのものであり、廃城以降、この鐘は災害時を除き、ほとんど使われてはいなかった。

それが大音量で鳴り響いたのは六月一日の朝まだきである。

非常事態を物語る乱打に誰もが恐懼《きょうく》し、町は大混乱に陥った。

「すぐに避難せよ！　遠出の出来ない女子どもは寺へ急げ！　出来るだけ身を隠せ！」

各辻で予備隊後方の者たちが叫ぶ声が聞こえる。

「赤嶺行くぞ！」

牧田《まきた》に付き従って熙は留恵社に足を急がせた。

既に本隊は出陣後だった。白襷の隊士たちの間を縫って、智宣を発見した。

「兄上！」

「智宣、おまえはどこか安全なところに」

いえ、と智宣は熙の声を遮った。

「八番隊隊士としてお役目を賜りましてござります」

「役目？」

「敵が市街地に入るにはまだ少々猶予がござりましょう。それでわしらは逃げ遅れたり、足弱な者たちを寺に運んだりする役を仰せつかりました」

見れば智宣の背後に数名、おそらく智宣と同年だろう者たちが待機している。皆、額にも鉢巻きを巻いていた。

「これがわしらの戦でございます」

つまり避難が困難な者たちを支援、嚮導する役というわけだ。

これは牧田の指示だという。熙は息を吐いた。

「あいわかった。だがくれぐれも会敵《かいてき》したとて一対一での討ち合いなどするのでないぞ」

智宣はなまじ腕が立つ。だからといって飛び道具に勝てるものでもない。蛮勇は命取りになるのではないかと懸念した。

案の定、智宣は不満そうだったが、背後の少年らは頷いている。一様に緊張した面持ちではあるから、年長者の言ならば素直に聞いてくれるだろう。

万一の時は、逸る智宣を止めてもらえるかもしれない。

「敵は拳銃を所持している者もいる。会敵した時は得物《えもの》を捨て、すぐさま参ったと言え。そなたらはまだ若い。どれほどの達人だとて、拳銃には立ち向かえぬのだから」

同じことを言われ申したと智宣が小さな声で呟いた。おそらく牧田だろう。

熙は苦笑した。

「ならば良い。確《しか》とお役目を果たしてこい」

「兄上にも、ご武運を」

智宣は一礼し、颯爽《さっそう》と少年らと駆けて行った。年少ではあるが、既に嫡男としての風格を持っているのが頼もしい。その背を見送り、熙は踵を返した。

※※※

待たせたな、と八番隊隊長中島信衛《なかじまのぶえ》が一同を見渡し、説明を始めた。

三十一日、別働遊撃第一中隊（村田中隊）と第十四連隊第二大隊第一中隊左小隊（安部井中隊）は三重市に向かって正面進撃を始めたという。

だが探偵はまさしく熙の懸念通り、囮の情報に踊らされていたのだ。

寡兵であると見せかけていた薩軍に、伊東直二率いるその数八百兵が既に合流していたことを知らない官軍は、四方から千を超える薩軍に囲まれた。両隊の隊長を戦死させながらも辛くも部隊を大寒《おおそう》方面へと逃すことに成功し、全滅を免れたという。

前後して応援に駆け付けていた第十四連隊第三大隊青山少佐も同軍に襲撃を受け、警視徴募隊の来援によりその場を凌ぐという有様となった。

伊東直二はこの機に乗じて目標を臼杵へと変えた。前軍を四個中隊、中軍を三個中隊、殿軍《でんぐん》を三個中隊として野津市《のついち》から北上しはじめたのである。

探偵が単騎で急報を齎《もたら》したのは本日、六月一日未明、すぐさま警視隊と連携し、臼杵隊本隊は本営である留恵社から出陣していったという。

ゆえに今ここには三番隊以下しかいない。

「布陣は手筈《てはず》の通りであったのでしょうか」

熙の小声の問いかけに牧田は短く頷いた。

中島の説明は続く。

「警視隊は西南方の籠ノ瀬にいる。第一堡塁《ほうるい》の津久見峠の陣もそちらに呼び寄せている。臼杵《本》隊の二番隊で山崎《やまさき》、警視隊の一番隊で家野《いえの》を死守している」

「待ってください、臼杵《本》隊一番隊はどこです？　たしか掻懐《かきだき》で警視隊と薩軍を挟撃する手筈だったのでは」

黙っていられなかった。

野津市から掻懐、少なくとも後方の山崎までで防ぎきれれば、薩軍の市街侵入を阻める。

家野の台地に上った臼杵隊一番隊が、掻懐の警視隊と呼応して、上から薩軍を挟撃する計画だったはずだ。

差し出口を叱られはしなかった。しかし牧田も中島も渋面だった。

「午前七時の段階で、警視隊が手筈通りに播懐に到着した時にはもう敵がいたらしい」

「先手を……！」

図らずも声がかすれた。

まさに配置に就こうとする警視隊が狙撃され、高所からの攻撃に警視隊は動転し、その場を後退してしまったのだ。

同時に薩軍の別働隊が、後方の山を迂回《うかい》して一番隊を衝背《しょうはい》した。その場で乱戦を呈し、挟撃どころではなくなったという。

それを見た臼杵の二番隊が発奮、服部・大脇らが手勢とともに警視隊の位置まで乗り込み、薩軍と交戦——それは怖《おじ》けた警視隊の士気を、再び鼓舞するほどの奮戦だったそうだ。

だが相手方も、この戦い方で警視隊・臼杵隊の寡兵を悟ったのだろう、数を恃んで押し返し始め、現在は播懐と山崎の中間の竹場《たけば》付近まで戦線の後退を余儀なくされているという。

後方の要、籠ノ瀬・山崎での防衛戦となるのは避けられまい。

熙は黙った。牧田に教えられた布陣を脳裏に描き、試行を繰り返す。

自分ならどう動くかを考える。同時に、これは敵も考えることだと言い聞かせた。

挟撃は間に合わなかった。だが初動が通用しなかったならば、次の一手は押し返すことではなく、別案にすべきではなかったか。戦いながら引いたところで、武器を持った兵の寡《すくな》さを敵に知られている以上、数で押し込んでくるはずだ。実際にそうされている。

持ちこたえられるのか。

しかも進軍してくるのは同一方向だけではないのではないか。迂回されて背後を衝《つ》かれる可能性もある。

むしろ――いや、そちらのほうが。

組頭の説明は終わり、現在は各組に分かれて待機となった。どの隊士の顔にも不安が色濃く浮いている。いずれの長も固まって作戦を協議していた。

その間、薩軍は臼杵川の両岸を並進、本隊の二番隊が応援に駆け付けるも、その背後から襲撃を受けたという。

挟撃を仕掛けられ、陥穽《かんせい》に嵌《は》まったのはやはり味方のほうだったのだ。

満身創痍《そうい》で退却しているとの報が続々と届き、煕は己の懸念の的中を悟って瞑目《めいもく》した――。

やがて、離脱してきた隊員らが合流し始める。上は欠員補充のため、応援を差し向けているのだろうが、果たして持ちこたえられるのか。

考えるまでもない。

「赤嶺」

顔を上げる。牧田が戻ってきていた。

「動くぞ。隊を集めて移動だ」

※※※

「傾注せよ！」

怒気をはらんだ若林の声が響く。

移動命令で到着した場所は、市街地の南方、土橋《どばし》であった。

集結したのは応援に出た者以外、即ち三番隊以下全員、加えて一次戦線の動ける離脱組だ。見知った顔が多い。岡辺壱六助《おかべいちろくすけ》や、高橋友衛の姿もある。

満を持しての白兵戦を命じたのは稲葉頼──短期決戦を想定しての総攻撃だった。

土橋には既に塁を築いている。竹矢来《たけやらい》の他、町家の畳を積み上げたのだ。山崎防衛線を抜けた薩軍を、塁にて銃撃、北の市街地に進軍してくる薩軍を刀槍隊で掃討する白兵戦だという。

「牧田さん、日下殿はご無事なのですか」

参謀である。今は姿が見えない。

「望月台で戦っていたとは聞くがまだ帰投してはおられぬようだ。安否はわからん」

この時、日下は盟友であった安野とともに望月で戦っていた。銃撃戦後、安野が地に伏せていたため、死んだかと案じて近づいていたら生きていたという記録があるが、この段階でそれは伝わっていない。

煕は眉を顰《ひそ》めた。

「……分が悪い」

初手、弐《に》の矢が外れることを想定していなかったせいか、臼杵隊は今、浮足立っているように思えてならない。

牧田は煕に顔を向け、だがそのままた正面を向いた。

「わしもそう思う」

それは小さな呟きだった。

搔懐、山崎はまだ防ぎようもあった。道は限られているし、山からの衝背の危機さえ回避出来れば、銃撃で撃退することは十分に可能だったはずだ。

むしろ、早期に三番隊以下も大勢投入していれば良かったのかもしれない。

敵兵力を見誤ったことで後退した。後退してはならなかった。侵入出来る道を広げてしまうからだ。土橋はどうだ。防ぎきれるか。数で押されればむしろ市街地に敵を招き入れることになる。ここを突破されたら市街戦は不可避だ。そうなってしまえば、白兵戦は免れないうえ、町民へも被害が及ぶ。

頬を叩く。痛みで不安を消し去りたかった。

矢来の準備は既に町人衆の力を借りてあらかた終わっている。

土橋後方すぐは平清水《ひらそうず》。その東に福良、川を挟んで西に市濱《いちはま》がある。どちらをも護《まも》るための防塁《ぼうるい》と兵とを配置してはいるが、土橋の主塁と比べては圧倒的な寡兵だ。手薄な東西一角でも崩れれば、ここもまた衝背の虞《おそれ》が十分にある。

同じ轍《てつ》を踏む愚を、なぜ誰も指摘しない。

いや、と煕は唇を噛んだ。

指摘しないのではない――出来ないのだ。

牧田に付いて、煕は路地の一角に待機した。ここは土橋の後方寄り、平清水に近い。

そっと震える息を吐いた。強く太刀の柄を握っては放す。汗で滑る掌を、何度か白襷で拭いた。

集められた予備隊は、武器のほとんどが刀槍である。数を恃んでの切り込みで勝利を得るためには、相当の敵を倒さねばならないだろう。

相手方には銃もある。振り上げた先を撃たれれば後がない。

慌てて想像を振りきる。まずは動くことだ。動けば弾に当たる確率は低くなる。

しかし――自分に人が斬れるのか。

撃ち合いはもとより、生まれてこの方、真剣を構えたことですら数えるほどもない。そんな自分が、人を殺せるのか。

それでも後ろには人がいる。人々が暮らす町がある。

――ここは護るべき故郷だ。

不自然に静まり返った町家の路地。天は鈍色《にびいろ》の雲が立ちこめ、強い風が吹いてくる。

今にもひと雨来そうな空模様だった。

※※※

それは午後一時を回った時だった――。

どこからともなく鬨《とき》の声が聞こえた。

一斉に待機組が腰を浮かせる。まるで音が立つような緊張の中、腥《なまぐさ》い風に乗って殺気が押し寄せるのを感じていた。

こめかみから汗が流れた。

「前方注意！」

誰かが叫ぶ。遠くの前方でいくつかの影が躍り出してきた。

雨が降り始めた。熙は何度も柄を握りなおす。

――敵。

乾いた音も聞こえる。銃声だろうか。

遠くで誰かが倒れた。

今にも駆けようとした時、下がれ、と上ずった誰かの声が聞こえた。

「平清水の袋小路に下がったふりで、追い詰めるのがよいのではないか」

良いな、名案だ、と声が漏れる。若い隊士らだろう。

「待て、退却は愚策だ」

思わず声を上げた。ここは土橋防衛線の最後尾だ。死守せねばならない場所だからこそ、人員が最も厚い。

自ら装甲《そうこう》を薄くするは自殺行為に等しい。

「敵を市街地深部に引き入れるのはまかりならん！」

お主だけ残っておれ！　と怒鳴り返され、味方が後方へと走り去っていく。その動きに連動するかのように数人が動いた。芋づる式に、後方へと人が引っ張られていくようだ。

「ならん、待て、戻れ！」

「どうした赤嶺」

異変を察したか、離れた場所にいた牧田がやってきた。

「ま、牧田さん」

事情を聴いて牧田が頭を掻く。

「独断で動くなとあれほど事前に言い聞かせたのだが。……わしらも行くぞ」

「ですが」

ここから牧田を動かすのはみすみす手薄にするようなものではないか。逡巡《しゅんじゅん》した煕に、牧田は笑った。

「あいつらを連れ戻しに、じゃ」

煕はすぐさま駆け出した。

※

平清水は天満宮の西手、臼杵川沿いに広がった場所である。臼杵川はそのまま浮島を孕《よう》し下流を臼杵湾へと伸ばしていくが、平清水からその幅が広がり、川向こうを市濱、その北を新地《しんち》と呼ぶ。

土橋での防塁は渡河を防ぐものでもある。既に敵影を確認出来た今、一刻も早く人数で押し戻さねばならない。

「おまえたち、土橋に戻れ！」

牧田が大声を出しているが、彼らは一目散に退却している。これでは敵を誘引するどころではあるまい。

「牧田さん……もう」

息を切らして熙が声を掛けた。

「諦めたがよろしい、かと。それより、土橋を留守にしないほうが」

「そうだな。目算が外れたか」

本気で引き戻すつもりだったようだ。牧田と二人、熙は元来た道を走って戻り始めたが、ふと足が止まった。

前方で、誰か人に囲まれているのがみえた。囲まれているのは臼杵隊士だ。視界に白襷が入るのと、それが岡辺壱六助だという認識が同時だった。

思わず走り出していた。

囲んでいるのは見覚えのない絣を着た三人、一人が白刃《はくじん》を引き抜く。取り巻きの一人がこちらを見、何か声を上げる口の形をしたのと同時に熙は走りながら抜刀した。

だがそれより早く、脇をすり抜けた風圧に体が動いた。

——牧田。

熙を追い抜き、突進して手前の一人を弾《はじ》き倒し昏倒《こんとう》させ、刀を突き出した一人の手を捻《ひね》って刃を落とす。もう一人が走って距離を取り、即座に笛を吹いた。

呼子《よびこ》だ。

「赤嶺！　そいつを連れて逃げい！」

牧田は背に括った槍を抜く。呼子に応じて四、五人がこちらへ駆けてくるのが見えた。

「岡辺！　立てるか！　壱六助！」

壱六助は腰を抜かしているようだった。熙は右肩を入れて彼を立ち上がらせる。数人駆け付けてきた臼杵隊の一人に預けた。

「牧田さんの加勢に」

振り向きざま、ぽたり、と頭に雫が落ち、すぐさま大降りの雨が落ちてきた。雷鳴が轟《とどろ》く。

紗《しゃ》がかかったような視界の中、槍を鮮やかに振るう小柄な影がある。

あの始終面倒くさそうな顔をした半隊長だ。

まるで舞のように軽やかな足取りは雨をものともしない。生き物であるかのような槍捌《さば》き。戦場にもかかわらず目を奪われた。

——牧田剣。

豊後、いや九州でも槍術の使い手として名高い。

その長い穂先で果物のように敵兵の首を貫き、柄で牽制《けんせい》し、剛腕で一斉に薙《な》いでいくさまはまるで鬼神《きしん》。

敵がその迫力に圧倒されているのがわかる。余りにもすさまじい戦いに、味方でさえ棒立ちだ。

さらに敵が増えたが、加勢したくとも、牧田の周囲に薩兵で囲いを作られていて、近づけない。

「槍《やい》を奪って生け捕いにせい！　そん男《わら》を殺すな！」

遠くで誰かの声が聞こえた。五人、いや六人ほどを相手取っている牧田がいる。功を立てんと駆け寄る薩軍を、牧田の槍は近づけさせない。片端から相手を倒していくその鬼神が、だが次の瞬間、動きを止めた。

煕は目を瞠る。

今、雨の中に響いたのは、銃声か——。

牧田は敵を睨んだまま膝をつき、駆け寄った誰かがその首を刎《は》ねた。血しぶきをあげて地面に落ちたそれを視界に捉えた瞬間、目の前が真っ赤に染まった。

銃を撃った男は、だが直後に背後から近づいた誰かに同じく首を刎ねられた。命令に背いたためだろうか。男のそれが、牧田のものと同じように重たげに地面を転がった。

行くぞ、と薩軍が動いた。退却ではないだろう。転進命令だ。引き揚げる前に、誰かが牧田の胴に刀を突き立てるのが見えた。

胃の腑が熱い。カッとして横殴りの雨の中、追いすがろうとした煕に、退《ひ》けという味方の声が聞こえた。

『その冷静な判断力を失うなよ。戦闘に於いても冷静であることが生死を分けるからな。どんなことがあっても激してはならん』

それは——死してなお辱められている、あなたを前にしても、ですか。

「退け、赤嶺！」

中島の声だ。

唇を噛みしめて、已《や》むなく身を翻した。

雨は烈《はげ》しさを増している。

※※※

「赤嶺、おい赤嶺！　熙っ！」

頬を叩かれ、我に返った。目は開いていたはずなのに、何も見た気がしない。

目の前にいるのは重藤だった。数人、警視隊の面々がいる。なぜか熙は路地に座り込んでいたらしい。太刀は――ある。血脂が、細い糸を巻いているかに見えた。

「立てるか」

訊ねられて頷き、立ち上がった瞬間、胃の腑からせりあがってくるものを堪《こら》えきれなかった。

――思い出した。

急ぎ退却をする途上、同輩に肩を借りて前を走る岡辺壱六助が視界に入った。いつの間にか彼らに追いついていたらしい。まだ本調子ではないらしく、壱六助の歩みは覚束ない。

平気かと声を掛けんとしたまさにその時、家の角から数人の薩軍が現れたのだ。

大雨の中、視界は悪かった。だからどちらも気づかずに出合い頭に遭遇した恰好となったのだ。

こちらの手勢は壱六助を入れて三人、あちらは二人。

壱六助と、彼に手を貸している隊士を背後に庇《かば》うように熙は前に出た。当然、相手は既に抜刀し、切っ先をこちらに向けている。

熙も真剣を向けないわけにはいかなかった。

呼子を吹かれて応援を呼ばれれば勝ち目はない。しかし壱六助を手負いと見てか、彼らは二人でも十分に勝機があると考えたようだ。

飛び道具はなさそうだった。じりじりと熙は間合いを詰めていく。

相手は薩摩示現《じげん》流、一の太刀を重んじ、一刀のもとに斬りかかる。その重みは生木《なまき》を叩き割る。逃げられぬ速さと強さだと言われるが、動きの前には必ず筋肉を動かすはずだった。

相手の左足が前に出た瞬間、熙は斜め後方へ飛び退《すさ》った。振り下ろされる刀の軌道はすぐには変えられない。男の驚いた視線が妙にゆっくりとこちらを向くのを瞬きもせずに見つめながら、熙は刀を振り下ろし首元を削《そ》ぐ。血しぶきが舞った。

同時に半歩後ろの敵を、刃を滑らせて横殴りに斬り伏せた。

熙の得意な型とするこれは、人より速い動きが出来る体に理由がある。頭が体に命令するその速度が、生まれつき人より少し速いのだ。だから相手が認識する半歩手前で勝負を決められる。

——相手に傷をつけることを躊躇《ためら》わなければの話だが。

『赤嶺……』

驚いた声が上がる。壱六助だろう。

『先に行ってくれ』

そう声を掛けた。顔を見れなかった。わかったと隊士は言い、二人の気配は消えた。

熙は近づく。手加減など出来なかった。一人目は驚いたように目を開けたまま仰向けに倒れていた。即死だったようだ。

もう一人にはまだ息があった。だが湯気の立つ内臓が出て辺りは血だまりである。既に死を待つのみだった。

だが反射なのか痙攣《けいれん》なのか、ビクビクと手が動いている。

『今、楽にします』

男は熙より年上のようだった。言葉は聞こえていないのだろうか。荒い息の下、熙に目を向けることもしない。動かせないのかもしれなかった。

熙は刃を彼の首に当て、刀を上に引く。男の首が勢いで向こうを向いた。

唐突に動きが止まった。それはいきなりモノとなった。雨に濡れた臓物はすぐに湯気を失《な》くし、ただ血ばかりが止めどなく流れている。

死体を二つ、道の端に寄せた。どちらも瞼《まぶた》を閉じさせた。そのとたん、両手が震え出した。怖いのでも寒いのでもない。理由はわからなかった。

その後、どうやってここまで戻ってきたのだろう。

胃の中のものをぶちまけて、熙は片手で涙を拭った。

「まもなくここにも敵がくる。……赤嶺、聞こえているか」

聞こえています、と今度は乱暴に口を拭った。

「城に行けとの命が下っている。動けるか」

「敵兵は」

「別働を市濱と陣山に寄越《よこ》して攻めてきた。市橋から両翼で俺らの後方を衝く構えだっただろうが、福良と新地がなんとか持ちこたえている。……だが数が違う。さすがに」

包囲が狭まってきているというわけか。

「城に籠って、少しでも手勢を逃がしたほうがいい。援護するからおまえたちは早く逃げろ」

「に、逃げるなんて……戦うに決まっているでしょう！」

冷静さがまるでなくなっているのは自身でもわかっている。動悸《どうき》が早鐘のようで、手足が冷たい。だが戦えないわけではない。

ぶるぶると震える両手を体に押しつける。

一瞬で流れ出た「命」。ごろりと向こうを向いた首。この手が奪った——二つの命。

必死だった。後ろの二人を逃がさねばと。

悔しかった。牧田を殺され、その体を辱められたことが。

だが——。

「私だけが、逃げるなど！」

「いいから落ち着け——瀧山《たきやま》はどうした」

その言葉ではっと我に返った。

「智宣……」

重藤はほっとしたように息を吐いた。

「そう、智宣だ。幼なじみだったのだろ。無事を確認しろ」

背中を軽く叩かれる。

「しっかりしろ。おまえたちは死んではならん。まして智宣は若輩だろ。おまえが保護して城へ行くんだ。いいな？」

頷いた。

重藤は他の連中にも声を掛けてくるからな、とそのまま立ち去った。

熙は立ち上がる。濡れそぼった衣類が重いだけじゃない。痺《しび》れの残るあちらこちらが悲鳴を上げている。

だが行かねばならない。

体を引きずるようにして歩き出した。

壱六助はあの後、無事遁《のが》れただろうか。他の者たちはどうなったのか。

あの二人の遺体は、もう薩軍に回収されただろうか。

本町へ辿りつくと、あちこちに倒れた者たちがいる。味方のものもあり、薩軍のものもあった。ぴくりとも動かない。おそらく死体だろう。

ふと目の端に、見慣れた紺袴が流れた気がした。数歩動いて、思わず振り返る。

「智……？」

倒れたその袴が動いた気がした。

「智宣っ！」

駆け寄って抱き起こす。紛れもない、智宣だった。

雨とともにずっくりと血を吸った布の重みがした。

袈裟《けさ》懸けに斬られている。出合い頭のものではない。後ろからだ。

「智宣！　智宣っ」

なんでだ、と熙は声を限りに叫ぶ。

「なんでおまえが！」

「兄……」

智宣が目を開ける。口の端から血が流れている。

「誰がやった！　俺が仇《かたき》を取る！　薩摩だな！」

智宣は違う、と口の動きだけで否定した。

「違う⁉︎　そんなはずがないだろう！」

「違……顔……視《み》た……じゅう」

そこまで言って、智宣は動かなくなった。

「智？」

生意気な顔は真っ白で、長い睫毛は動かない。女子のようだと揶揄《やゆ》されて逆上していた幼い日から、ほとんど変わらないその大きな瞳はもう煕を見ていない。

口の血はまだ端からこぼれているのに。まだこれほど体が温かいのに。

「おい、俺を呼べ……呼んでくれ……智宣！」

揺すっても、智宣はもう返事をしない。

「うわあああっ」

遺体を掻き抱いて号泣する声を、再び降り出した豪雨がかき消した。

※※※

「城へ逃げろ！　城へ走れ！」

篠突《しのつ》く雨の中、間断なく怒号が聞こえていた。潰走《かいそう》を始めた臼杵隊と警視隊を呼び込むその人には白襷が見えた——味方である。

「城へ急げ！」

智宣を置き去りになど出来なかった。落ちないよう手を紐で縛り、彼を背負ったまま、煕は声のほうへと急いだ。雨のせいで視界が悪い。

誘導の声に従って、続々と周囲から警視隊、臼杵隊が姿を現し、臼杵城を目指し始めた。

ずぶ濡れの体をただ彼らの進む方向に向けて動かしている。

前方で上がった騒《ざわ》めきに顔を上げた。繁吹《しぶ》き雨で何が起こっているのかがわからない。遅れて轟いたのは銃声だった。伏せろ、という声に慌ててその場に身を投じた。迎撃する気配がある。もうここまで敵が押し寄せてきたのか。

「赤嶺」

傍に誰かが膝をついた。声でそれが誰のものかはすぐにわかった。

「重藤さん」

彼の大きな手のひらが頭を軽く押さえた。

「無事で良かった。智宣は怪我か、大事な……」

大事ないか、と続けようとしたのだろう。だがその言葉は発せられなかった。

煕の目から再び涙が溢れた。男子が人前で泣くなど、と歯を食いしばってみるが効果はない。

「智宣は……よく戦ったのだな」

重藤は智宣の髪に手を置いているようだった。

「こいつはっ！　戦って死んだのではありませんっ！」

こらえきれない思いがとっさに反駁《はんばく》させた。

重藤は智宣の背中の傷を見ただろうか。見えてはいるだろう。

だが重藤は何も言わなかった。

再び前方で銃声が聞こえ始める。

「赤嶺、智宣のためにも早く城へ。鉛の雨の降るような場では落ち着いて眠ってもいられまい」

援護する、と彼は銃を構えた。

「ですが」

「智宣をいつまでも雨ざらしにするのは忍びない。違うか」

わかりました、と煕はゆっくりと体を起こす。

「大手門の石垣で前方の隊が踏ん張ってくれている。脇から城内に入ろう」

「重藤さんも一緒に行きましょう」

重藤は驚いたように煕を見てから、振り返って前方を注視する。

再度、こちらを向いた帽子のつばの下から、視線を返さないまま小さく呟いた。

「そうだな……俺も行くとしよう」

※※※

城内には続々と隊員らが集結し始めていた。警視隊の怪我もかなり酷いものである。そこここに苦《く》悶《もん》の声が満ちており、手当てに奔走する者が遽《あわただ》しく働いていた。

「赤嶺！　瀧山……」

煕が戻るなり、顔見知りの隊員が何人も集まってきた。雨でかじかんだ指がなかなか智宣の手の紐をほどけない。傍にいた重藤が長い指で器用にそれをほどいてくれた。

「智っ……嘘だろおいっ智宣！」

「ちくしょう……ちくしょうが！」

筵《むしろ》の上に下ろした智宣の周囲で怒号と嗚咽《おえつ》が溢れた。警視隊の幾人かも無言で手を合わせていた。同じ組内の数人が駆け付け、手を握ったり、体に触れたりしている。

「智宣」

「許さんぞ、賊め」

涙を拭いもせずに、智宣の傍で隊員の一人が気炎を上げる。

「智宣よ、仇は必ず俺たちが取るからな！」

応、と力強く周囲が呼応する。壁際まで退いていた熙は泣くことも出来ず、気づけば顔を拭いた晒《さら》しを力なく握っていた。

「頭も拭け。体が冷える」

押し寄せた疲労からか、それともどこか感覚が鈍麻したのだろうか、放心している熙を見かねたのだろう、誰かがそう声を掛けてくれた。最前から目の端で雫が滴っていたのはそのせいか。頭を拭こうとした時だった。

少し離れた場所で帽子を取り、頭を垂れている男がいた。重藤だ。すぐさま帽子を被り、警視隊が固まっている辺りへと行ってしまった。見るともなく、熙はそれを目で追った。

「我らもいつまでもここに籠城するわけにもいくまい！」

誰かがそう叫んでいる。

城の下方から雨音に交じって銃声が頻りに聞こえている。

「我ら働きを見せるはまさに今この時ではないのか！」

「賊に臆病と謗《そし》られるいわれはない！　臼杵志士の勇猛を示す時ぞ！」

「このままだと城下も占領される。地獄の様相になるぞ」

集まった隊員たちが口角泡を飛ばす。

静粛に、とその場に現れたのは臼杵隊の幹部と警視隊の面々である。静まり返った場に、若林永興と山田強が立った。若林が口を開いた。

「臼杵隊をはじめ、警視隊諸君らの勇にして果敢な士道、感じ入ること大にして心頼もしく、また嬉しく思う。が、遺憾ながら趨勢が決している今、決戦をするに利はない」

現在、主要台地に薩軍が陣取り、城を銃撃し続けている。

どこからも援軍は望めず、籠城のための備えもない。そもそも銃火器等弾薬が著しく不足している。城内から迎撃するには限度があり、長期に亘《わた》って持ちこたえられるはずもないことは、誰の目にも明らかだった。

「報告書を北野、加納に持たせ、縣廳に遣わしたが、援軍は間に合わぬだろう。糧食や弾薬を留恵社から運び入れようにも賊が迫っていたためにそれも叶わなかった。ならば落ち延びるしか道はない」

しわぶきさえ聞こえない。

「必ずや近日中に臼杵を奪還する。そのために今は力を温存してほしい。くれぐれも賊の手に落ちることなく、今ひとたびは忍び、再びの集結の時に備えてほしい」

若林の言葉は落ち着いていた。が、苦渋の色が端々に感じ取れた。一様にうなだれる隊士たちの間にも悲壮感が満ちている。

「さて、落ち延びる手段だが……」

彼の後を山田が引き継いだ。

臼杵湾内の丹生島《にゆうじま》に建つ臼杵城の背後には洲崎の浜がある。江戸時代に埋立地として造られたものだが、提案されたのはここを通って佐賀関へと退却する進路であった。

　同じく臼杵隊も三々五々散ることになる。だが現在、城は薩軍の銃声のただ中にあり、いつ敵が突入してこないとも限らない危うい均衡にあった。

「殿《しんがり》は我らが務める」

　声を発したのは臼《本》杵隊の河村兼だった。二番隊の分隊長である。

「最前、市中の隊士より報告を受けた。薩軍は臼杵隊士を捕らえて虜《とりこ》にしているそうだが、警視隊は問答無用で斬り殺しているとの由」

　山田は無言で頷いている。承知していたのだろう。警視隊にも動揺は見られなかった。むしろ、臼杵隊士の側にどよめきが起こった。

「もちろん戦闘になった場合、臼杵隊とて殺傷の的ではあろうがな。とはいえ投降するものは受け入れる腹だろう。ここは臼杵だ、土地の者を殺して市中に恨みを買うのは奴らとしても得策ではない。だが警視隊はそうではない」

　警視隊は薩軍の斃《たお》すべき敵である。彼らにとっては鎮台兵同様、政府の手先だからだ。

　しかし、と誰かが声を出すのを、河村は視線だけで制した。

「ならばこその我らであろう。警視隊の来援がなければ臼杵はここまで持ちこたえることすら出来なかった。恩義を返せずして何が大義ぞ。警視隊には何としても逃げ果《おお》せてもらう。そのために我らが殿軍を務めるのだ」

　二番隊が一斉に立ち上がる。

「如何に困難な戦いになろうとも、二番隊はこの役目を全う致す」

「喜んで殿を務め申す！」

だが我らも加勢を、と声を上げ始める他の隊には河村が理を尽くした。

「他の者は警視隊を守って落ち延びてほしい。彼らを殺されることは臼杵の名折れと心得よ。同じく貴様らも死んではならん……ここはもう薩軍の手に陥《お》ちる」

銃撃は激しさを増している。突入されたらこの計画も水泡に帰すだろう。猶予はない。

「副指揮の仰せでもある。臼杵奪還の日まで、決して死んではならぬ。生き延びて、機会を待て——たとえどんな蹂躙、どんな恥辱を受けたとしても」

我らが働きを徒《いたずら》にするまいぞ、と彼は言い含め、二番隊を連れて持ち場へと向かっていった。

「各隊、二番隊の働きを無に帰す勿《なか》れ！」

すぐさま警視隊の避難誘導及び補助に隊士が割り振られた。

警視隊とともに大分方面組、市中離散組（これは城に集合出来なかった者たちへの伝令も兼ねている）、その他に分かれた。

熙はゆるゆると立ち上がる。気にかかるのはひとつだけだ。

智宣の遺体をここに置いて良いものか思案にあぐねた。ひとまず近づき、彼の刀と血に染まった白襷を外した。

「赤嶺」

振り向くと、そこには重藤が立っていた。

「重藤さん……警視隊の方々と脱出されたのでは」

「市中に残った者たちがいる。捨ててはおけん。一人でも多く助けねばならん」

他の什長はもちろん部下も同行していない。重藤は単独のようだった。

「そなたはどうするのだ」

熙は智宣へと目を移した。

「御前《ごぜん》に……智宣の親父《おやじ》殿に、このことを伝えねばならんと思っております」

現状、瀧山家に居残っているのは当主と下男だけである。

無事であればよいがと思いつつも、智宣のことを伝えるのは気が重かった。だが行かねばなるまい。

「警視隊の退却も臼杵隊の四散も早晩薩軍に知られることとなりましょう。私も刀を隠し、町人に紛れて市内に潜むことを考えております」

智宣の刀を瀧山家に納めたら、その足で市井に紛れる。次の招集あるまでは、可能な限り近場で待機するのが良かろうと判断した。

熙は拳を握る。

智宣は逃げなかった――最後まで。

一人だけのうのうと安全な場所に逃げるのは赦《ゆる》されぬことだという思いがあった。

「あいわかった……ならば市中まで同道致そう」

重藤は帽子を被りなおした。つばのまっすぐな黒い帽子に銀線が光る。

一人で城下に下りるよりは断然心強い。

「忝《かたじけの》うございます」

「礼には及ばんさ……むしろ……」

言いかけて重藤は首を振った。

「何でもない」

同じ方向へと顔を向けた。

「脱出だ」

三章　大敗・兄弟　臼杵／六月

1

銃声はさらに激しさを増していた。その音を背に、熙《ひろむ》は重藤《じゅうとう》と城を脱した。祇園洲に屋敷を構えていた瀧山《たきやま》家へと向かう。裏通りはほとんど死骸もなく、薩軍に出会うこともなかった。まだこちらまでは手が回っていないのだろう。

通常していたようにくぐり戸から敷地に入る。小降りになったとはいえまだ雨は降っているが、雨戸は開け放たれており、いつもの屋敷のたたずまいだった。

「御前、赤嶺《あかみね》熙にございます！　御前はいずこにおわします！」

火急である。勝手口から上がり込み、土間、客間へと声を掛け入っていく。中は荒らされておらず、静謐《せいひつ》だった。家人《かじん》が避難して後は女中には暇を出し、使用人は下男一人だけを残していたはずだ。

「佐久造《さくぞう》、佐久造はどこだ！」

「赤嶺っ」

重藤の声に呼ばれて駆け付ける。使用人部屋らしき室内で、佐久造が倒れていた。

「佐久造、どうした！」

抱え起こすが、既に彼は事切れていた。口の端から血が流れている。同じく涙の跡もまだはっきり残っている。湯呑《ゆのみ》が転がっていた。

「毒を呷《あお》ったな」

重藤が低く唸《うな》った。

「敵の手に掛かったわけではあるまい」

「ならば御前は」

嫌な予感が頭をかすめた。主人が使っていた書斎にはまだ行っていない。重藤とともに足早にそこへ向かった。

戸を開けて、そのむっとした臭気にすぐに察する。

「御前……なぜ」

白装束に身を包んだ瀧山家当主の姿がそこにあった。体は前のめりに倒れていた。それでも切腹をしているとはひと目で知れる。覚悟の自刃《じじん》だ。

「さきほどの下男が斬ったものか……」

首は朱《あけ》に染まった晒しの上に置かれていた。切断するまでに何回か打ち損じたのだろう、首は後頭部にいくつもの刀痕《とうこん》があり、斬り口も酷いものだ。そこだけ実を開いた柘榴《ざくろ》を置いたように見えて、煕は思わず目を逸らした。

足手まといになること、虜囚となり、智宣の負荷になることを危惧したとはいえ、あまりにも早まった仕儀ではないか。

臼杵の士分も、そのすべての家族が避難したわけではない。また寺などに身を寄せる者も少なからずいた。

とはいえ血気逸った薩軍に凌辱《りょうじょく》されるとの風聞もあり、実際に彼らの進軍上においてそのような事例や虐殺事案も届くに及んでは、さすがに若い娘らは身を隠すしか方法がない。避難はその手段のひとつであった。

薩軍の蜂起の理由はいくつかあると聞く。しかしその大儀は「士分」の尊厳を取り戻すためではなかったか。ならば無作法に臼杵の武家屋敷に討ち入り、狼藉を尽くすことはないだろうと思われた。当主の判断は杞憂《きゆう》だったかもしれないのだ。

しかし一方で竹田の件もある。竹田士族の大多数が家族を人質に有無を言わせず薩下へと組み込まれたとも聞いている。どういう結末になるのかは、この段階ではわからなかった。

死ぬ必要はあったのか——。

「赤嶺……」

検分していた重藤に呼ばれて我に返った。

「おまえと智宣宛てだ」

胸元に差し込まれていたらしい、血の滲《し》みた手紙を受け取る。中には臼杵士族として戦場に散ることを望みながらもままならず、動かぬ足で敵の手に落ちるよりはという覚悟が縷々《るる》綴《つづ》られている。いよいよ薩軍の鬨の声が聞こえたので不慣れな佐久造に介錯《かいしゃく》を頼んだゆえ、彼を責めないでほしいという文言も添えられていた。智宣には最後まで雄々しく戦うこと、熙には禎子《ていこ》や残された妻子を頼むとある。

佐久造は介錯を引き受け、その後、服毒自殺したものだろう。おそらく生き延びよと言われていたはずだが、当主の依頼を引き受けた段階で、殉死を選ぶ覚悟であったとも思われる。佐久造は智宣の祖父の代から瀧山家に仕えた忠義者だった。

「智宣の訃報をお聞かせせぬままであったことだけが、幸いと呼べるのでしょうか」

熈は合掌する。重藤も瞑目している様子だった。

「この亡骸《なきがら》はいかがする」

弔ってさしあげたいのは山々だ。佐久造も懇《ねんご》ろに葬ってやりたかった。

だが、このままで、と熈は立ち上がった。

これは薩軍に対する当主の抵抗だ。進軍し、屋敷に押し入った輩《やから》は、この覚悟を目の当たりにすることになろう。その時に不快感を覚え、かつ己の行為について疑義に繋がればいい。

そうさせることが当主の戦い方なのだと思った。

「智宣のものと合わせ、御前の刀も隠します。……後でご家族にお返しせねば」

薩軍に鹵獲《ろかく》されることだけは避けたかった。それは重藤も同意見だった。

部屋で見つけた油紙に包んで、二口《ふたふり》の刀を隠した。手入れの行き届いた庭は、この春先に植え替えられた樹木もあり、雨が降ったこともあって土もそれほど硬くない。蕾《つぼみ》を付け始めた躑躅《つつじ》の茂みの裏に埋めた。これならば怪しまれずに済むだろう。

「後はどうするのだ」

「城下の芳三郎《よしさぶろう》のところへ参ろうかと。おそらく町家にも被害が出ているだろうと思われるので」

「米問屋だったな……確かに兵糧はまっさきに押さえられるだろうが」

それは店の者も十分に自覚があるだろう。うまく逃げていれば良いのですが、と熈は眉を寄せた。

臼杵は町八丁と呼ばれる町人町がある。臼杵城下を貫く八丁大路、いわゆる本町筋《すじ》は、本町から畳屋町《たたみやまち》へと至る大きな主要路だ。本町、新町《しんまち》、唐人町《とうじんまち》、濱町《はままち》、横町《よこまち》、掛町《かけまち》、畳屋町、田町の八町、その先は臼杵川へと通じている。

田町方面へと向かい、裏通りを通るようにして移動する。市中に近づくにつれ、不穏さは増していくようだった。応戦して果てたのだろう、警視隊や臼杵隊と思しき遺体もそこここにあった。大きく破壊された家々、横転した大八車が戦いのすさまじさを物語っているようだ。

遺体を見つけるたびに重藤は近寄った。顔が判るもの、それ以外では残された情報から所属と名、見つけた状況等を記しているようだった。着衣の状況から既に武器等は鹵獲されていることが知れる。帽子や上着もなく、首のないものもあった。特定は難しいだろうと熙は思ったが、亡くなってすぐの今ならまだ手がかりが多いというのが重藤の言い分で、おそらくそれは正しいのだろう。

出来ることなら一人も残すことなく連れて帰りたい。せめて葬ってやりたい。それは脇で見るだけの熙とて同じ心境だ。だが状況がそれを許しはしなかった。

臼杵隊、警視隊を合わせても多くない数を、さらに分散して配置したのだ。数で圧倒されればひとたまりもない。

頭ではわかっていた。だがここまでの大敗を喫するとは考えていなかった。応援に駆け付けてくれた警視隊はなおさらだろう。

薩軍の進路を、情勢を読み切れなかったことが一番の敗因だ。それはわかっている。

だが——。

熙は何度も去来する思いを敢えて封じて、重藤に背を向けて周囲に目を凝らす。

重藤の労力が——敵に邪魔されぬよう。

自分に出来ることはあまりにも小さかった。

2

畳屋町の近くまで来た時だった。重藤はとっさに熙の手を引いて走った。路地の陰に入った瞬間、角から進軍してくる薩軍の集団が目の端に見えた。ひときわ若い集団だ。十五人ほどだろうか。中には抜き身の剣を握ったままの者もいれば、肩を押さえている者もいる。だが大半に損耗は認められない。

小雨《こさめ》の中、水しぶきを上げながら、通りを城へと去っていく。

息をつめてそれをやり過ごした後、期せずして二人で同時に息を吐いた。

「よくわかりましたね」

「振動と足音は低いほうがよく聞こえるものだからな」

なるほど、遺体に目を近づければ自然と地面にも近くなるか。

「この先は薩軍も増えてくるだろうから油断は出来ぬ」

わかっています、と熙は頷いて路地を奥へと進んだ。

「どこへ行くのだ」

「近道です」

芳三郎のおかげか、熙もまた商家の並びであっても裏道に至るまで知り尽くしていた。

避難したのだろう、人気のない商家、土蔵の裏を土足のまま突っ切って、庭越しに移動する。

「よく、こんな猫の仔《こ》の通るような道を」

呆れた顔を隠しもしない重藤に、熙は苦笑する。

「叱られもしましたが、子ども時分には、こういうことも大目にみてもらっておりまして」

臼杵の町は子どもに優しかった。士分とそれ以外の民びとの距離が近かったともいえる。それは江戸期から連綿と続くこの土地の気質のようなものだった。

「ここを突っ切れば芳三郎の家の裏手に出ますので」

煕がそう説明し、路地から再び通路をうかがう。この通りを渡ればすぐだ。

その時である。ざざっと砂を蹴る音がした。

「芳三郎！」

走ってきたのは芳三郎ともう一人、紺の薩摩絣を着た少年である。首を出していた煕と目が合った。濃い眉と涼やかな目元、だが頬の線があどけない。左の肩付近を押さえている。

顔立ちに似ているところはないのに、一瞬、智宣を連想させた。

「兄者！」

あちらだ、と遠くで声がした。

躊躇した煕の横で、重藤が叫んだ。

「来い！」

少年の目が瞠られる。芳三郎も驚いた顔をしていた。

「来い、急げっ！」

芳三郎は後ろを振り返り、すぐさま路地に駆け込んできた。路地の向こうから人影が見えた。警視隊が二名だ。

「重藤さん」

声を出すなよと言い含め、重藤は彼らを路地から隠すように背に庇った。

重藤は熙の肩を二回叩いて、路地を抜ける。

「これは什長殿！」

駆けつけた警視隊は重藤に敬礼する。

「ご苦労。見つけることが出来て良かった。通達だ。おまえたちはすぐに大分方面へと脱出せよ」

「はっ……しかし小官らは今まさに敵を追っておりまして……什長殿は今しがた敵兵をご覧になってはおりますまいか。手負いの若い男二人なのですが」

重藤は素知らぬ顔で首を傾げる。

「はて、俺も今路地から出てきたところだからのう」

周囲を検分するように見回した。

「しかしここはもう敵兵のほうが多い。むしろおまえたちが辻《つじ》で襲われんとも限らん。向こうの路地から抜け、しばらく町家にでも隠れさせてもらえ。夜陰に紛れて無事にここを抜けてゆくように」

「什長殿もご一緒に参りましょう」

重藤は頭を振った。

「俺は他の者にもこれを伝えねばならんでな。……おまえたち、必ず本隊に合流しろよ」

「畏まりました！」

「ところで他の隊や、什長は見かけなかったか？」

「他の什長殿……いえ、小官らは戦闘中に本隊から逸《はぐ》れてしまいましたもので」

そうか、と残念そうに彼は呟いた。

「了解した。のちほど会おう！」

はっと敬礼をして、すぐさま二人は反対側の路地へと消えていった。

重藤は周囲を見てから出て来い、と合図してくれた。

「兄者……」

「話は後だ。動けるか」

おそらくかなりの失血があるようだ。袖の辺りが濃く濡れている。白い顔をしたままだ。疲労しているであろう芳三郎に代わって、煕は少年の無事な側の脇から肩を入れた。わずかに少年が緊張した様子だったが、頓着出来る怪我ではなさそうだ。

「今のうちに急ぎましょう」

重藤は少年を見て眉を顰めた。煕が何かを言い出すより早く、口を開く。

「早く処置したほうがいいな。刀創だろう。血が流れすぎている」

「大橋寺にでも」

いえ、と芳三郎は首を振る。

「ここからだとかなり距離がありますから、まずは落ち着けるところに参りましょう」

「おまえの家か」

芳三郎は首を振る。

「薩軍が多数家に押しかけておるのです。残っていた米を集めろと……父が踏ん張ってなんとか誤魔化しておりますが、今当家の周辺は一等危険です」

家族にも危険なはずだが、芳三郎は不安を毛ほども見せなかった。

「ではどこに」

「掛町の裏通りに昔叔父の住んでいた空き家があります。手狭ですし、普請をせねばと放置しておるのです。一見してあばら家ですから、敵も好んで押し入ったりはせぬでしょう」

芳三郎は先頭に立って足早に歩き出した。進もうとすると、少年は膝が崩れる。足に力が入らないようだ。

「代わろう」

重藤が躊躇なく背に負った。

「お早く！」

芳三郎が小さく急《せ》かした。

裏通りの家に着いた時には既に陽が落ち、宵闇ばかりとなっていた。雨は上がったようだ。

「ああ、こりゃひどい」

普請をせねばというだけあって、雨漏りで畳が腐っているようだった。そこここに黴臭《かびくさ》さが充満している。

芳三郎は如才なく灯をともしていく。行灯《あんどん》をはじめ、油を入れたものや蠟燭《ろうそく》まで出てきて、室内は一気に明るくなった。

「窓に板で目張りをしておきましょう。空き家が煌々《こうこう》と光っていては隠れている意味を成しませんから」

「しかしここに担ぎ込んだところで、何の処置も出来ぬのだが」

ご心配なく、と芳三郎は腐っていた端の畳を持つ。

「兄者、手をお貸しください」

慌てて一緒に畳を剝がすと、その下には大きな簀《す》の子《こ》が敷き詰められており、そこには家財道具が一式揃っていた。

「家に何かあったらここに逃げ込む手筈だったんです。食料もですけど、清潔な晒しも縫い針も鋏《はさみ》も糸もあります。置き薬や軟膏《なんこう》も梅酒も焼酎も」

まるで手妻のようにいろんなものが出てくるのを、煕はただあっけにとられて見つめるばかりだ。

「水甕《みずがめ》の水も、昨日の夜替えたばかりです」

「わかった」

重藤が頷いた。上着を脱いで、襯衣《シャツ》の袖を捲り上げた。

「赤嶺は湯を沸かしてくれ。芳三郎はこいつを寝かす寝床を。俺は手を洗って針を焼こう」

石鹸《せっけん》もあります、と言う芳三郎に、さすがの重藤も苦笑で応えた。

※※※

少年は失血からかほとんど意識を失いかけていた。それでも縫われている間の痛みはあるのだろう、咥《くわ》えさせられた手拭を必死に噛みしめていた。

重藤は大きな手で、器用に針を使っていた。素人目にも縫い目は決して美しいものではなかったが、左肩の下、ぱっくりと開いた傷口を塞ぐには十分なものだと思えた。

終わった後、少年はぐったりして、ようやく意識を手放したようだった。

「お疲れ様でした」

労《ねぎら》われて手を洗っていた重藤は苦笑した。

「まさか医者の真似事をさせられるとは思ってなかったよ。しかし本当にいろんなものを持ち込んでいたんだな」

盥《たらい》や手桶《ておけ》、手拭、布巾、脱脂綿、刃物に鉋《かんな》に鋸《のこぎり》、果ては座布団に搔巻《かいまき》まであった。

「もはや立派な繃帯所《ほうたいしょ》だな」

「鋸を使う羽目にならずにようございました」

芳三郎は澄まして手拭を渡している。重藤は呆れたようだった。

「大商人の器だよ」

それには熙も同感である。

「なんですか、それ」

重藤が上着の内側にしまいかけていたものを引き上げた。見れば掌の中に収まるほどの小さな姫《ひめ》
葫蘆《ひょうたん》である。

「これには細工があってな」

つるりとした表面を押しながら引くと、引き出しのように上蓋が開いて中が開く仕組みだった。

「葫蘆の下半分に入れているのが、我が家に伝わる金創膏《きんそうこう》でな」

「金創膏?」

丁寧に油紙をほどく。真っ黒い、艶々とした塊が現れた。

「今、こいつにも使ったが、たちどころに刻創に効……あ、触るなよ」

熙は思わずその塊を触っていた。吸い付くような、不思議としっとりとした感触だった。

「く、黒い!」

返したとたん、手指に真っ黒なものがついているのに気づく。松脂《まつやに》のようなものだろうか。ベタベタしている。黒というのは良い色ではない。思わず近くの布で拭いてしまった。

「ああこら、上着で拭くな!」

布だと思ったのは重藤の上着の袖口だったらしい。隊服の袖には黄色い側章が走っている。その袖

口の線上が黒く汚れてしまったのを見て、重藤は大きく口を開けていたが、諦めたように苦笑した。

これは落ちんぞと言われ、恐縮して頭を下げる。大きな掌が頭を二回、軽く叩いた。

兄者、手を洗ってくださいと芳三郎には石鹸を渡されてしまった。

「まったく兄者ともあろう人が、智さんみたいなことを」

ため息交じりの声に、一瞬、肩が震えた。

――智宣。

「兄者？」

芳三郎の怪訝《けげん》そうな声に、智宣が、と言いかけたが言葉にならない。それでも察しの良い芳三郎は顔色を変えた。重藤もそれを見たのか、口を噤んでいる。

告げなければと思う。智宣の最期を。だが息が上手く吸えない。言葉が出ない。

しばし沈黙が下りた。長いため息を吐いて、顔を上げた芳三郎は、熙の肩を軽く押した。

「手を洗ってきてください。……詳しくは後で」

歯を食いしばって堪《こら》えていた熙は、ただ頷いて土間に下りた。

「重藤さん、さっきの上半分のも同じ金創膏ですか？　同じような油紙でしたが」

背後で芳三郎の声が聞こえる。

「……いや、これは違うのだろう。たぶん。試したこともないが」

重藤はそのまま葫蘆をしまったようだった。

「それより芳三郎、経緯を聞かせてくれ。ぜんたいどうして敵兵を拾う羽目になった？」

好きで拾ったわけではないのですが、と芳三郎は肩をすくめた。

「おそらく私の着物が良くなかったのでしょう」

芳三郎が着ているのはたまたま藍絣、かつ足さばきを良くするための袴である。遠目ならば少年の薩摩絣の恰好との見分けはつかないだろう。

「芳三郎は剣術も出来ますから……いざという時に戦えるようにと袴を穿《は》いておったんだろう？」

水を切りながら、土間から声を掛けた。煕の言葉に芳三郎は意を得たりと頷いた。

「そうなのです！　竹刀こそ帯びてはおりませんでしたけれども」

不慮だった、と芳三郎は言う。

少年の部隊は押しかけた者たちから少々東に外れていた。警視隊もその外れたものを狙ったのだろう。芳三郎は父に遣いを命じられ東の問屋に向かう途中で戦闘に行き合い、巻き込まれたのである。

「私をみるなり、警視隊がこちらに向かってきまして。斬られそうになったところを、別の兵と争っていた少年が走ってきて、重心を崩してたまたま私を庇う恰好になり斬られてしまったというわけで」

日頃、煕たちの中ではもっとも大人びて落ち着いているのが芳三郎である。だが、さすがに斬られそうになり、また実際目の前で少年が斬られるに及んで、動転せずにはいられなかったのだろう。

「警視隊の方々は兄者方と戦ってくださされるお味方でもあります。ですが、このままですと、この少年は殺されますでしょう。私を庇って殺されたとあっては寝ざめがよくありません。かといってみすみす警視隊に突き出すわけにはまいりませず」

少年を庇って逃げ回っていたという。

「兄者たちを見たときは本当に安堵いたしましたが、重藤さんには殺されるかもしれないと一瞬……一瞬思いましたけれど」

煕は目を逸らした。重藤でなく、当の自分が逡巡したことが後ろめたく思えた。

「重藤さん」

芳三郎は思いつめた様子で彼の顔を見つめる。

「なぜ、この人を助けてくれたのですか」

それを訊くか、と重藤は苦笑し、寝ている少年の汗を拭ってやった。

「敵とはいえ子どもに死んでほしくないだけだ」

というか誰にも死んでほしくはないんだが、と気まずそうに言う。

「前にも話したが、俺には年の離れた弟がいてな。おまえたちと同じくらいだ。兄さま兄さまと、鬱陶しいくらい慕ってくれておってな……血の繋がりのない俺を」

「それは……」

「養子なのだ、俺は」

重藤はこともなげにいう。もちろん、当世養子も庶子もそう珍しいことではない。

その時どちらからともなく大きな腹の音が鳴った。

「詳しくは、食事を終えてからお聞きしましょう。用意いたしますね」

芳三郎が土間に下りた。

重藤も立ち上がり、手伝うぞと声を掛けている。熙も声だけは掛けたが、炊事能力のなさを熟知している芳三郎に追い払われた。結局家のそこここの雨漏りの対処と警備、たまに少年の汗を拭くくらいしか出来なかった。

か細い蠟燭の灯《あか》りが揺らめく。

簡単なものしかないが、と作られたのは乾肉《ほしにく》と高菜の入った味噌《みそ》雑炊だった。米穀店の蓄えだけあって、雑穀より白米の割合はことのほか多く、副菜に梅干しと瓜《うり》の山葵《わさび》漬けまで付いている。なんとも贅沢《ぜいたく》な夕餉だ。

熱々のそれを三人で腹いっぱいになるまで食ってなおまだ余っている。温かな空気が家じゅうにひろがり、薄く寒気を帯びていた体にも英気が満ちるようだった。

残ったものは少年の分だと芳三郎が蓋をしようとした時だった。

「……ここは」

少年が目を開けた。おお、と図らずも三人の声が同時に漏れた。

「もう気がついたか」

朦朧《もうろう》としているようだった少年の顔に、一気に生気が戻る。起き上がろうとして痛みに呻いた。

「ああ無理はするな。血は止まっているが、痛みもあろう。しばらくは寝ておれ。今無理をすると取り返しがつかんぞ」

帽子と上着を脱いではいるが、明らかに警視隊とわかる重藤を見て、少年は身構えたようだったが、縫ったのは俺だ、と微笑まれて、少しだけ警戒を解いたらしい。

「腹は空いてないか。水は飲めるか?」

如才ない芳三郎は、この間に既に鍋を温めていたらしい。湯気の立つ椀を突き出され、少年の腹も盛大に鳴りだした。

「食えるなら食……」

芳三郎から椀をひったくるようにして片手で流し込んだ。だが直後、声なき声で熱さに悶《もだ》える。

その様子に思わず皆がしのび笑いを漏らした。

「落ち着いて食べてください。おかわりもありますよ。匙《さじ》のほうが良いでしょう」

芳三郎の手から木の大きな匙が出てくる。何でも出てくるな、と重藤はさらに呆れた様子だった。

たっぷりの雑炊を掻き込んで、腹がいっぱいになったのだろう。ようやく少年がひとごこちついたらしく、馳走になった、と頭を下げた。礼儀は弁《わきま》えているようだ。

「命も助けてもらって……」

「おまえ、名はなんというんだ」

重藤は優しく訊いた。少しだけ逡巡してから、少年が名乗った。

「佐尾和弥《さおかずみ》」

「年は？」

「……十七」

嘘をつけ、と重藤が人の悪い笑みを浮かべる。

「そうは見えんがな。さしずめ十三、四……」

「十三じゃあいもはん！　十五になっちょ、あ」

他愛《たわい》もない、と重藤は声を上げて笑った。たしかにそう言われても仕方ないだろう。

「十五で従軍とは……薩摩はそれほど人手がないのか」

「ちがいもす……俺《おい》は兄さぁの後を追ってきただけじゃっどん」

なるほどね、と重藤は目を細める。

「大方家人の反対を振り切って蹤いてきたが帰るに帰れず、年齢も誤魔化した、と」

和弥は黙っていた。図星だったのだろう。

「だとしてもおまえがまだ年少であることには変わりないし、それがわからぬ大将でもなかろうに」

「総大将を愚弄なさっか！」

「まあ落ち着け……熱が出るぞ」

重藤は優しく諭す。やはり体が辛いのか、和弥は強いて食ってかかることはせず、そのまま頭を寝床に戻した。水を宛《あて》がうと大人しく飲んだ。

「西郷隆盛《さいごうたかもり》という御仁について、末端の俺なぞは直接縁もゆかりもないが、どういう方だったかくらいはさすがに知っている」

幕末からの政変、この国が幕府というものから政府へと転換をするにあたって、その荒廃した土壌を均《なら》した人物だ。先年、陸軍大将にまでのぼりつめた。

征韓論《せいかんろん》でその申し出を却下されたことを機に、その地位をあっさり捨てて薩摩に帰郷したと聞いている。

「国という概念があるとしたら、彼の御仁はさしずめその恩人といったところなんだろうな」

「じゃっどん中央政府はその恩を仇《あだ》で返しもした……あん人を起用せんのは損失以外の何物でもありもはん」

和弥は天井を睨んだまま呟いた。

「それは武力をもって事を為そうとしたせいであろ……」

煕の言葉を、和弥は遮る。

「こいはそもそも総大将が企図した蜂起じゃあいもはん」

ほう、と重藤が目を瞠るのが見えた。

煕も驚いている。末端も末端、兵力として認識されているかどうかも怪しいこの佐尾和弥——おそらく奮起するあまり、兄に蹤いてきたのだろう若者——の口から聞くには意外な言葉だと思った。

「おまえはなんでこの戦いに参戦したんだ？」

「……………兄さぁを止めるためです」

さらに意外だと思った。

「おまんさあたっの言う通り、兄さぁたちは奮起して総大将を担ぎ上げてしもた。覆水は盆には戻りもはん。起こってしまったこっは仕方《しょ》はなか。じゃっで大将は御出馬なさったんでありもす。若者《にせ》の熱に、体をくれてやると申しなさった。人の優しかこっ」

　重藤は目顔で先を促す。

「兄さぁたちは多くの人を巻き込んでおりもす。そが天命か否かはこの後に解《わか》いもんそ。じゃっどんその間にも人の血は流れもす」

　武力を持てば否《いや》が応でもそうなりもす、と和弥は言う。

「大将の意図やお考えはもちろん俺なぞにはわかりもはん。確かに征韓論が受け入れられなかったこっは大将の帰郷の契機になったやもしれもはんが、そん腹いせに戦争をするような御仁じゃありもはん。そげな人なら誰も蹤いてはこんでしょう」

　少年は天井を見たままだ。

「じゃっどん、徳川の御代《みよ》から続いてきた士分は、そんお役を解かれたことで憤懣が溜《た》まっておりもした。侍の矜持を取り戻す戦いだと兄さぁは言うちょりましたが、俺はそうは思いもはん。こいは、そん憤懣を利用した士族たちの、ただの私《わたくし》戦争《いくさ》に他なりもはん」

　熙だけではない。芳三郎も驚いた顔をしていた。この少年は——血気に逸っただけの若者ではないようだ。

「たしかに新政府に愚は多か。自刃なさった横山安武《よこやまやすたけ》さんの建言書《けんげんしょ》はそれを炙りだしておられた。朝令暮改で行き当たりばったりなこと、徳の寡《すく》なきこと、廃仏毀釈《はいぶつきしゃく》などの罰当たりなこと、そして未来《さき》を見据えていなかったこと。大将は建言書を賞された。間違った道に行こうとする新政府を止めようとなさっていたのに、多くは目の前の梁《はり》に気づかず誤ったまま勢いをつけて走り出した。大将はそれを止めるのに疲れてしまわれたのです」

和弥は悲しそうに眉を下げる。

「じゃっで、俺は兄さぁを止めに追いかけてきもした。兄さぁひとぃが郷里に帰ったところで何が収まるわけでもなければ、ここまでの兄さぁの責任が消ゆっわけでもなか。もしかしたら我が薩摩にも目を覚ました人間がひといでもおったと、我に返ったものはおったのだと、そげん知らしめたかだけかもしれもはん。もっと言うなら、俺に大義など何もございもはん。俺はただ身内ひとりを取り返したい一心でここまで来ただけの小者でございもす」

熙は唾を呑んだ。この少年は——何者だ。

「年少を幸い、戦闘はさせてもらえませんし、そもそも誰も傷つけたくなかち思っちょいもす。他の隊はわかりもはんが、従軍して村や町に侵攻し、義を口にすれば協力してくれる人々も多かっです。じゃっどん、無理強いがなかったわけでも、血が流れなかったわけでも、略奪がなかったわけでもなか。士分の復権など後からの付足しでございもそ。そもそも総大将の望まれた未来は、徳川の御代への逆行じゃなかったはずでございもす。兄さぁたちはそれが見えておられもはんのでございもす」

「和弥殿は、兄上がお好きでいらしたのですね」

芳三郎の言葉に、和弥は小さく頷く。

「お好きな兄上の行いをなんとか止めようとここまで蹤いてきなさったと」

「年の少《わか》かというのは切なかこっです」

和弥は目を潤ませている。

「どれだけ理を説いても、血の気の多い若者衆《にせ》には届きもはん。もちろん大人にも。俺の考えは臆病者のそれじゃと、周りにも馬鹿にされてきもした。当然、戦のことはわかりもはん。桐野《きりの》閣下をはじめ、隊長方にも戦上手はいくらでもおられもんそ。まして大将は陸軍大将まで務められた御方。じゃっどん、なまじ戦が上手かこっが仇になることもあるのではなかがかと」

「武力をもって要求を突きつければ通ることもあろう」

当然、そのための戦である。和弥は首を振った。

「そいでこん国の政《まつりごと》が動いたとして、それで万事うまくいきもそか。外遊に出られた要職の方々が悉《ことごと》く大将の唱える征韓論に反対なさった。つまり世界には通用しないことだとわかっておられたから反対なされたのでございもそ。意見の対立は人格の否定ではなく、まして憎悪からでもなか。そいがわからぬような大将ではございもはん」

「さにあらばどうして……！」

「じゃっで、一介の小者には大将のご意思を計り知ることは出来ないと申し上げたのでございもす」

和弥の目は絶望を映しているように見えた。

「大将は動かれっしもた。武力蜂起を——本心はどうあれ——是となさいもした。動かれた限りにおいてはもう引き返しがないもはん。争いは激化していきもんそ。じゃっどん仮にこの戦いに勝利したとして、その先に勝てる見込みはございもそか。このとても盤石とは言えない政府の先に待っちょる相手は国内《くにうち》ではなく——異国《とつくに》でございもんそ」

「和弥殿……貴殿は外国、外国船を見たことがあるのだな」

ございもす、と頷いた。この年齢にして恐るべき知見は、薩摩に籠っていた田舎の子どもには持ち得ないものだ。そのことに重藤も気づいたようだった。

「縁あって十歳の時に師に付いて横浜に留学ばさせていただいたことのありもす。師は昨今の情勢を教えてくださいもした。そして現状、憤懣の溜まっちょる士分のことにも。すぐにでも火の手が上がっじゃろち言われおいもしたが、まさか本当に足元から出ようとは」

足元――しかもその中には身内も入っている。

「和弥殿」

重藤がいつしか言葉遣いを改めている。

「薩摩にあって、この年齢でこれほどの見識を持つ御仁がいるとは恐れ入るしかない。これは失礼になるかもしれぬが、貴殿は出来物《できぶつ》だ。決してこんなところで死んではならぬ」

経緯《ゆくたて》を聞けば和弥がとっさに芳三郎を庇った理由にも納得がいく。彼はそもそも従軍したくてしたわけではなかったのだ。

――薩軍の中にも、この戦を不本意だと思う者がいる。

それは熙にとっては衝撃だった。

ならば牧田は――。

熙は己が手に目を落とす。

ならば、この手が奪ったあの二人の命は――。

「赤嶺、顔色が悪いが大事ないか」

重藤の言葉に我に返る。とっさに残っていた白湯を飲んで大事ないですと頷いた。

和弥は呟くように言う。

「愚を重々解ったうえで、こん馬鹿げた戦に乗ってやりなさった大将に責任がなかとは言えぬのかもしれもはん。そいでん不遜ながら、翻意していただきとうございもした」

――総大将・西郷隆盛。

武力でもって町々に侵攻し、威力でもって要求を通し、略奪し、殺し、犯し、矜持《きょうじ》をへし折って此方《こなた》の戦力として併呑する。

膨れ上がったそれらが北上し、明治政府と戦い、国を牛耳って今度は他国を侵していく。

そう唱えているのがかつての英雄だというのが、彼には信じられなかったのだろう。

和弥の目尻から涙が落ちる。

「兄さぁすら翻意させられんじゃったもんが、叶うはずもありもはんが」

静かな啜《すす》り泣きが響く。

今更もう止めようもない。

「……見届けよ」

誰もが声を出せないでいる中、重藤が呟いた。

「貴殿は生きて、生き延びて見届けるしかあるまい。少なくとも貴殿には他の者に見えぬものが見えている。のちまで生きて、最後まで見届けよ。この国の未来が、この後どうなるのか」

少年は静かに頷いた。

※※※

和弥は寝たらしい。表はしんと静かになっている。

「暗がりではっきりは見えなかったが、裏通りまでは被害はあまり及んでいないな」

そうですね、と芳三郎も頷いた。

「表通りは薩軍が多く屯しております。本営はおそらく鍋屋《かぎや》に置かれるようで」

鑰屋といえば、ここらでは老舗の醬油《しょうゆ》・味噌蔵である。土蔵は古いが非常に大きい。本営とするにはそれなりの場所もいる。糧食・移動の面から見ても大きな土蔵だと都合が良いだろう。

「出来れば近づかぬほうが」

「だが父御をはじめ、お店《たな》の者たちも心配だろう」

「心配でないといえば嘘になってしまいますが、臼杵の商人も唯々諾々と従うばかりではございませんよ」

血気盛んなのか、と重藤が問えば、芳三郎は首を振る。

「臼杵は港町でございますよ。今も四国をはじめ近江《おうみ》、大坂ともやりとりがあるのですよ。そこから学べるものを学んで、したたかに強くなったのが臼杵、広くは豊後という土地なのです。人が好《い》いだけで渡ってきたわけではございませんゆえ」

恐れ入る、と重藤は苦笑した。熙も笑う。たしかに芳三郎の父は剛毅で型に嵌《は》まらない。そうでなければ商人の息子を道場に通わせたりはしないだろう。

「城の人たちは皆脱出出来たのでしょうか」

殿《しんがり》が最後まで踏みとどまってくれるとの安堵はあったが、だからといってその後薩軍の突入がなかったとは限らない。今、城は——臼杵隊は、警視隊はどうなっているのか。

智宣の遺体はどうなっているのか。

「朝になればどこからか、情報も入るだろうが、我らもこれからのことを考えねばならぬ」

熙は芳三郎と顔を見合わせ、同時に頷いた。たしかにいつまでもここに籠っているわけにもいかない。

「掛町の魚店のひとつなら舟の一艘《そう》もありましょう。それで脱出するというのは」

いや、と重藤は首を振る。

「最前も言ったが、俺は市井に残された警視隊を一人でも多く逃がさねばならん」

「ならば俺もそのご助勢を」

「ならん！　赤嶺こそ無事に……」

とっさに熙の申し出を断った重藤が、ふと何かに気づいたかのように顔を上げた。

「だが待て……舟、船か。船があるのか」

「掛町は近くの漁民も多く利用しておりますし、港町ですから」

「漁村……そうか、なるほど。赤嶺、芳三郎」

重藤は覗き込むように顔を見た。

「城を出る前に俺は探偵から情報を得ている。現在佐伯の沖に浅間が入っている」

「浅間……浅間艦ですか」

海軍所有の艦である。

重藤は畳の上に手拭で上下に凹の形を二つ作った。

「上が臼杵湾、下が佐伯湾だ。浅間は今ここにいる」

重藤は、下の凹の先端に姫葫蘆を置いた。

「船ならば浅間まで情報を届けに行ける。臼杵陥落、他薩軍の本営の位置。一刻も早い情報が今後の鍵を握るだろう」

——情報。

「重藤さん」

気づけば口を開いていた。

煕は彼の顔を見つめる。

――情報はすべてに優先される。

「そのお役目、俺が引き受けます」

兄者、と芳三郎も驚いたようだった。

3

浅間の入港は午後に入った情報だというが、佐伯沖に停泊している期間は不明で、移動する可能性もある。だが夜間とはいえ、大きさが大きさである。見つけ出すことはさほど難しくないだろう。全長二百二十六尺《六十八・五メートル》、七百八十四トン、砲門を十四門備えた三等艦コルベット――元は北海道開拓使所属「北海丸《ほっかいまる》」とも呼称されていた。

「練習艦だったのだが、他の艦とともに回航命令が出たんだ。横須賀《よこすか》から航行してきたんだろう」

「重藤さん、いけません」

外へ出ていた芳三郎が戻ってきた。

「市濱の橋のところにも薩軍が固まっています。船で出ようとするものを押さえているようで」

松明《たいまつ》を掲げて、怪しい船をせき止めているらしい。

「何人もの警視隊が捕まっているのが見えました」

そうか、とさすがに重藤は渋い顔をした。

畳屋町から船で下り、臼杵湾へと出るのが目的だったのだが。

「遠回りになりますが、知り合いの漁村があります。そこに行くのはどうでしょう」

「佐賀関か？」

「逆です。大泊《おおとまり》です」

少々離れはするが、夜間に動くならそちらのほうが目立たないかもしれない。

重藤は芳三郎に何事か相談していた。彼は頷き、すぐさま筆と硯《すずり》を用意している。重藤が墨をすっている間に、芳三郎は破れていた障子紙を格子に水をつけながら丁寧に剝いでいる。重藤はそれに何かを書きつけているようだった。目の端に入る手跡はかなりの達筆である。

さすがに和弥を置き去りに三人で出かけることは出来ない。時間が惜しいと、浅間への情報は道中教えてもらうことになった。その間、和弥とともに芳三郎が留守を預かることになる。

「この味噌を持って行ってください。あそこの夫婦はウチの味噌がことのほか好きですから、よく魚と交換しにくるのです」

芳三郎に抜かりはない。小さな曲げわっぱに味噌を詰めてくれた。

「詳細を語らずともこの味噌さえあれば信用してもらえます。重藤さん、兄者、ご武運を」

「おまえも気をつけるのだぞ」

露見《バレ》ませんでしたから心配は無用です、と芳三郎は澄ましている。誤解を受けるような袴姿を止《や》め、こざっぱりとした藍染めの単衣《ひとえ》に着替えて実家に戻っていたのだ。

雨と返り血でずっくりと濡れた熙も単衣を貸してもらっている。芳三郎は重藤にも勧めたが、隊服は替えられぬと全身を拭きあげるに留《とど》めたようだった。それでも火熨斗《ひのし》を使ったから、洋袴《ズボン》も多少は乾いているだろう。上着はさすがにそうはいかず、戻るまでに乾かしておきますと芳三郎が請け負ってくれる。

「赤嶺を見送ったらすぐにもどってくる。もしここに何かあったら抵抗せず、大人しく捕まるのだぞ。

和弥を介抱していたことと、臼杵の町民であるならば、まず手荒な真似はされまいよ」

むしろ俺がいたほうが邪魔になるか、と苦笑するが、芳三郎はきっぱりと否定する。

「重藤さんがいてくれないと困ります。和弥殿は熱もある。その金創膏もまだ必要ですから」

そうだな、と重藤は再び苦笑する。

煕は味噌を抱え、ほどなく重藤とともに隠れ家を出立した。

侵攻一日目――雨の上がった夜空に遠く星が見えていた。家々には控えめに灯りがついている。

「どうにかして隠れてくれていれば良いが……」

重藤の呟きに煕は黙っていた。さきほど、芳三郎が耳打ちしてくれた情報を伝えるかどうか迷っていたからだ。

『橋のところで捕まっていた警視隊ですが、後で全員殺すのだと薩軍が申していたのを聞き及びました……重藤さんには言いづらくて』

言えば重藤は我が身を顧みず、救出に向かうだろうことも予測出来た。飄々《ひょうひょう》としていながら義に篤く、柔軟でどんな局面にも強い。

それは眩《まぶ》しいほどに煕の理想とする大人像だとも言えた。

今更ながら横目で彼をうかがう。足早に歩く長身の姿は、だが重心が揺らぐことのない滑らかな動きをしている。武芸をしていたに違いなかった。

「どうした?」

視線に気づいたのか、重藤が訊く。慌てて煕は口を開いた。

「あの、浅間艦のことですが。首尾よく俺が乗り込んだとして、信用してもらえるのでしょうか」

「臼杵隊であると名乗れば問題はなかろう。だが念のため、これを持っていけ」

渡されたのは、さきほど障子を剝がして何事か書いていた紙である。

「捕まったらそなたの身も危うくなる。その時はすぐさま破って捨てよ」

重藤の役職と名前が記してあった。

「この者が話す事柄は信用して構わない、とな」

敢えてその書付に具体的な事項を書かないのは、もちろん漏洩を懼《おそ》れてのことだ。

「だから今覚えておくんだぞ」

芳三郎からの情報に加え、重藤の知り得る情報を伝えられた。煕は必死になってそれを覚えた。

「そういえば、さきほど聞きはぐってしまいましたが、重藤さんはご養子だったのですね」

養子は珍しくない。あの片切八三郎もそうだったと思いついて、顔をしかめた。

詳細はまだ聞いていない。だが、彼も西鹽田《にししおた》で絶命したとの噂があったからだ。

「まあな。しかも生まれがどうも豊後らしいんでな」

「どういうことです?」

重藤は話し出す。

「俺の両親は長いこと子に恵まれずにいたんだ。父方を辿れば大昔の戦の折、九州から従軍した者だったらしく、調べたら遠縁がいるそうだ。大分に子安観音というのがあるだろう」

煕は首を傾げた。詳しく聞けば高城《たかじょう》山子安観音《さんこやすかんのん》のようだった。重藤は笑った。

「まだ子安の願を必要とする年齢ではないわな。まあ子宝を授けてくれるところだそうだ。仄聞するにご利益があるとかいうから祈願を兼ねた湯治に発《た》ったらしい。熱海《あたみ》でも良かったんだが、知り合いのいないところに行きたかったと。母も嫁《か》して五年、子の出来る気配もないため、肩身の狭い思いをしていたようでな。思い切って南下する気になったらしい。だが佐賀関付近で荒天に見舞われて」

船は流されてどう辿ったものか、臼杵近くの浜に至ったのだという。そこから大分へ戻ろうとした際、夫婦は泣き声を聞く。生まれたばかりの捨て子を発見した。

「それが俺だ」

驚いた気配が伝わったのだろう、重藤はさらに笑った。

「子宝の祈願に来て捨て子を見つけるとは、なんとも奇妙な縁だと思ったらしい。確かに出来すぎておるからな。だが各方面を当たっても、結局捨て子の親は見つからず仕舞いだったそうだ」

「身元を明らかにするものなどは」

「これだけだ。姫葫蘆」

重藤は胸元を叩く。

「見慣れない細工だし、中に入っている丸薬《がんやく》もいろいろ調べさせたらしいが、結局何なのかわからんという。重藤家に伝わる金創膏に似てもいるから、それに類する丸薬ではあるのかもしれん。あれから二十四年も経つのに、まだ当時のままのようだと父母は言う」

重藤夫妻は豊後の遠縁の元に一年滞在した。その後、土地の有識者の計らいで、豊後のとある士分からの養子として届け出ることになったのだという。

「出自不詳の俺は重藤家の嫡男として何不自由なく育てられたが、七年後に弟が生まれてな」

重藤の年齢が二十四歳だとするならば、その弟は確かに熙と同じ年齢だろう。

「両親の血を継いだ弟が家督を継ぐのが当然だ。そう思って俺は家を出て警視官になることにした。だがこの弟が頑としてそれを認めんでな」

『兄上が重藤家に戻り家を継いでくださらない限り、私は嫁など娶《めと》りませぬ！』

おかげで両親は大弱りだ、と重藤は苦笑する。

「重藤の両親は弟が生まれても俺を軽んじもせず蔑ろにもせず、実子と分け隔てなく大事に育ててくれたのだ。俺はそれを恩義に感じているし、父母には今後も孝を尽くしたい。なのに、その両親から生まれた弟が俺を慕うあまりにそれを邪魔してくれるわけだ」

「弟さんは、その……重藤さんのご出生のことは」

「もちろん知っておる。父母も本当の両親が見つかるようにと大分から戻って以降ずっと祈願は欠かさんし、土地の有識者への付け届けに手紙、果ては俺の実の両親のためにと節目節目に陰膳《かげぜん》まで作る始末だ。おまえは大事な預りものだと言われて育ったよ。弟も早い段階でそれを知ったはずだ」

なんだかわかる気がします、と熙はほほえんだ。

重藤の弟は、重藤が好きでたまらなかったのだろう。気さくで優しく、度胸も申し分ない。その眩しい兄と血が繋がっていないのはいかばかりの悲しみだっただろうか。

「重藤家の皆様がお優しいゆえに、重藤さんは家をお出になったのですね」

「まあ表向きは駆け落ちだ」

あっけらかんとした告白に、熙は目を瞠る。

「幼なじみに八丁堀《はっちょうぼり》の娘がいてな。不出来な兄が家を出れば家督は弟に行くものと短絡的に考えて駆け落ちをしたのだ。そんなことで諦める弟ではないというのにな」

「では奥様が東京にお待ちになっていらっしゃるのですか」

重藤はわずかに沈黙して、いや、と否定した。

「産褥熱《さんじょくねつ》で腹の子ともども儚《はかな》くなった。俺の本当の両親に立派な姿を見せてやりたいとずっと言っておったがな。無事身二つになったら、いずれ三人で豊後に移り住もうと話しておったのだ。そうすれば両親も納得するだろうし、弟も諦めるだろうと」

煕は顔をしかめる。

「ご両親はともかく、弟さんはどうでしょうか」

「赤嶺もやはりそう思うか」

あれは俺を好きすぎておるのでな、と重藤は困ったような、嬉しいような声音だった。

「義姉の三回忌までは口を出しませんとわざわざ通告してきた。翻せばそれは二年が過ぎたら家に戻って嫁を取り、家を継げという宣言だろう。俺はこのまま戻らぬほうが良いのかもしれん」

「弟さんはどこにでも乗り込んでいらっしゃるのでは」

おっかないことを言うな、と重藤は肩をすくめる。

「あれは勇気も行動力も俺以上にあるゆえな」

『私は兄上以外の傑物を知りませぬゆえ』

真面目な顔で言い放つ弟を見て、重藤は逆に家を出る決心をしたというのだから、世の中はままならないものだ。くすくすと笑いながら煕は和弥に思いを馳せる。

「ちょっと違いますけど和弥殿も、重藤さんの弟さんのように兄上が大好きだったのでしょうね」

「不思議なものよな、男兄弟なぞ子ども時代を一緒に育ったというだけだ。大人になればほぼ他人だ。俺なぞ文字通りの赤の他人ではないか。なのに、我が身を顧みず戦場から取り戻そうとする弟たちがいるのだからな」

智宣の顔がよぎって、煕は唇を嚙みしめる。それを察してか、重藤の声が低くなった。

「……智宣もきっと同じことを言っただろうがの」

『兄上！』

あの弾けるような、威勢の良い声を、もう聴けない。

「重藤さん」

声がかすれる。

「俺は、薩兵を斬りました」

重藤は黙って熙を促した。

「目の前で牧田さんを殺されました。他にも多数、臼杵隊士がやられていました。薩兵と相対した時、俺の背後にはろくに歩けなくなっている同輩と、肩を貸したもう一人がいて。……守らなくてはならなかったんです」

こんなことを言いたいのではない、と思いながらも、まっさきに口をついて出たのは、言い訳だった。

「――二人、殺しました」

一人は即死、一人は止《とど》めを刺した。明確にこの手が、命を奪った。

震えてくる手を胸に当てる。

「和弥殿のような、薩兵がいることなど知らなかった。薩摩は故郷を踏みにじり、略奪する鬼畜で、牧田さんを殺しその遺体をも辱めた！　だから俺は、……でも」

「赤嶺」

重藤の声が一瞬だけ大きくなる。

「おまえがいなければ、その同輩とやらは死んでいただろうな」

熙は重藤を見る。宵に紛れた長身、その表情は見えない。

「抜刀した以上、敵は引かん。おまえは腕がいいと智宣が言っていたが、相手はそのおまえが手加減出来ぬほどの強さであったのだろう？」

示現流の覇気に気圧《けお》された。一刀のもとに頭を割られたであろう遺体も見た。決して敵を侮ることなど出来なかった。

「命の懸かった場で、手加減出来るのは実力に大きな差があるときだけだ。そして戦場ではその情けが命取りになることも少なくない。また敵を侮ったと命より矜持を傷つけんとも限らん」

重藤の声は淡々としていた。

「相手にとってもおまえにとっても命懸けの場面、相手に不足はなかっただろう。おまえは勝って、相手は負けた。おまえ自身と残り二人ぶんの命を、おまえが救えたから、おまえは今ここにいる」

確かにそうだ。壱六助《いちろくすけ》を守ることは叶った。自分もまた生きながらえることが出来た。

「和弥殿もそうだが、おまえもだ。死んではならん」

「重藤さんは……」

言いかけて止めた先を、重藤は察して頷いたようだった。

「人を殺《あや》めたり傷つけたりしとうはない。自分一人がくたばるのは楽かもしれんが、死んだ後に悲しむ人たちの姿を想像すると、迂闊《うかつ》に死にたいとも言えんでな。……だから、俺もこの手でいくつもの命を奪うことになったわけだが」

熙は俯く。人を殺したと、白状させてしまった自分はなんと弱い人間か。

——おまえだけじゃないと言ってもらいたかったか。

赤嶺、と重藤は再び熙を呼ぶ。

「おまえの悩みは至極まっとうだよ。人を殺したくないと思うことがまずまっとうなのだ。それで苦しむことも、恐怖することもまっとうだ。だが今どれだけ辛くてもそのまっとうさにしがみついておれよ」

「しがみつく？」

「そうだ。まっとうさを手放して、人を殺すことに愉悦や快楽を覚える者もいる。それは病だ。戦場に蔓延《まんえん》する見えない病だ。まっとうさを手放せば確かに辛い気持ちは楽にはなろうが、二度と日常へは戻れぬぞ」

その言葉はなぜかひどく重かった。

「おまえは、日常を取り戻すために今、臼杵を守っておるのだろう？」

智宣がいて、芳三郎がいて、同輩らと他愛もないことに興じて笑い合える穏やかな日常を——。

「……もっとも彼《か》の病は戦場だけに蔓延するとも限らんのだがな」

ぼそりと呟いた言葉を問いただす前に、重藤は言葉を継ぐ。

「何度も言おう。おまえの判断は間違っていない。命を奪った者のことは苦い重石《おもし》だろうがそれはおまえがまっとうな証拠だ。苦しみながら墓場まで持って行け。それが生かされた者の代償だ」

戦でなければ——埒《らち》もなくそんなことを思った。

これが戦でさえなければ、殺した者たちとは手を取り合い、酒を酌み交わす仲になれていたかもしれない。路上で傷を負っていたなら、手をさしのべて、手当てをしたかもしれない。和弥を助けた芳三郎のようになれたら、と思わずにはいられない。

隊士は臼杵を守るために戦う。戦うとは相手を殺すことだ。そんな関わりさえ許されず、殺し合うことしか出来ない。

「なぜ、こんな争いが起こってしまったんでしょう」

「……終わらせるべきなんだ。熱に浮かされ、それこそまっとうさを手放した彼らの進軍は止めねばならない」

でなければ、またどこかの町で、同じことが繰り返される。

「時代が動いておるのだ。薩軍はそれを解っていながら、赤子の如く駄々を捏《こ》ねておるに過ぎん」

「駄々、とは」

「彼らは佐賀や秋月とは違う。特権を奪われ士分としての役割を手放せと言われることには反発もあっただろうが堪えていた。諸外国と比較して内政を整備することが必要なこと、城を廃し、廃藩置県となし、国をまとめることが国力の増強に繋がること、それも呑み込みはしていただろう。それが証拠に熊本の神風連や佐賀・秋月のように兵を挙げてはおらなんだ。なぜだかわかるか」

「それは……」

確かになぜだろう。考えたこともなかった。

佐賀、秋月、神風連……不平士族の叛乱《はんらん》は早くから起こっている。それに耐えかねた戦なのだとばかり思っていたが。

「新政府を拵《こしら》えたのは誰だかわかるな」

「それは……薩長土肥《さっちょうどひ》」

そうだな、と重藤は頷く。

「極論を言えば主に薩長が今の政府の立役者であることは間違いなかろう。薩摩が動かなかったはそのためだ」

「ですが薩長土肥……山口も佐賀にも乱は起こっております」

言葉足らずだったな、と重藤は言いなおした。

「薩摩が動かなかったのはただ一点、そこに西郷隆盛がおったからだ。彼らの親は大久保内務卿ではなく、求心力も彼にはない。薩摩の慕うは西郷だけだ。それを蔑ろにされた。それがこの戦争の本当の火種だろう」

だから駄々を捏ねているというのだ、と重藤は言う。

「薩摩人は殊《こと》に人に心酔する。敬服し、尊崇し、命さえ擲《なげう》って惜しまぬ人物——彼ら全員にとって親とも長兄とも呼べる対象が、西郷隆盛だった。彼がまだ政府の中枢にいて指揮を執っていたなら、どれほど各所で士族の乱が起きようとも、薩摩だけは立ち上がることはなかっただろうよ」

多少小競り合いがあったとて、西郷が命じれば彼らは収まる。それほどの重石だった。

「士族の面目、矜持など彼らにとってはとるに足りないこと。彼らの我慢のならない唯一は、西郷への扱いだった。下野した西郷を政府が暗殺する動きがあったというな。それで薩摩が激怒してこの戦がある。政府が不倶戴天《ふぐたいてん》の仇《あだ》となったのだな」

自分自身が狙われるのならまだ我慢も出来よう。だが尊崇する『兄さぁ』を蔑ろにされ、あまつさえ命まで狙われたなら……弟たちの心証は想像するに難くない。

「待ってください」

容易くはあるが、にわかには呑み込めない。

「しかし士分の復権を大義に彼らは立ち上がったのでは」

たしかにそれもあるだろうと重藤は頷く。

「だがそれは他所の士分を傘下に組み込むための大義だろうな。膨れ上がった薩軍の中にはそれを求めて戦っている者も居るだろうから。だが大部分はおそらくそれを求めてはおらん。性急にすぎる新政府が気に入らぬ。尊敬する『兄さぁ』に謝れ、政府の生みの親を手厚く遇せよと、極めて私的な怨恨で戦っている。だからここで止めてやらねばならんのだ。奴らの『兄さぁ』のためにも」

この体を好きに使え、と西郷は言ったという。取り返しのつかなくなる事態をわかっていながら、弟たちが自分のために悔しがり、怒るその気持ちを、西郷は受け止めるしかなかったのかもしれない。

「……まあこれは俺の勝手な憶測にすぎんのだが」

いいえ、と熙は首を振った。

「なんとなく……薩摩の気持ちもわからなくはないかと」

乱暴な推測ではある。が、妙に腑に落ちる気がした。

重藤は頷く。

「俺の弟もな……どんな阿漕《あこぎ》な手を使っても良いから、俺が生き残って戻らなければ、何をしでかすかわからぬぞと脅されておる。事と次第では重藤家を断絶させることも厭わんと。もはや呆れるしかない」

熙は我慢しきれずに吹きだした。

「育ての両親に不忠を返したくない思いもあるゆえ、決して軽々に命を擲《なげう》つつもりはない。が、戻れなかったとしても、あの弟なら申し分ないのだがなぁ」

「……弟さんの成長に、重藤さんは大きな影響を及ぼしていらっしゃったんですね」

重藤は照れくさそうだった。

「だといいんだがな。こんな不出来な兄を他山の石にでもしてもらえれば。慕ってくれるその思いに報いるために、兄としてどう生きるか——虚勢でも何でもいいが、やはり弟に不出来なところは見せたくはないものだ。……西郷の兄さぁも、そうだったのかもしれんよの」

※※※

到着した時は既に夜半である。芳三郎に教えられた通りの小屋を叩き、住人を起こした。

乱暴につっかえ棒を外す音がした。

「昼間の人にも言ったけど、もっと暮らし向きのいい村の住人に頼んだらどうかね。そうそう一日に何度も船は出せな……」

出てきた男は重藤の姿を見て目を瞬《しばたた》く。髭を生やしているが、まだ若い男だ。重藤と同じくらいだろうか。

「ありゃ、これは警視隊さん、ですかい」

「夜分に申し訳ない。我々は長部《おさべ》米穀店から来たのだが……」

ぱっと男の顔が明るくなった。

「なんだって！　おい嬶《かあ》ちゃん、長部んとこの旦那のお遣いだってよ！」

上がってもらいな！　とすぐに声が飛ぶ。

「そうだな、人目についてもいけんから、あんたたち、上がって上がって」

家の中は、さきほどのあばら家よりもさらに狭かった。一間ほどの土間に居間があるだけだ。

「その辺に座っとくれ。子が生まれたばかりでね」

隅で前をはだけた女が子どもに乳をやっていた。熙はとっさに目を逸らす。それでも真っ白い胸乳が目に焼き付いてしまった。

「これを預かってきたんですよ」

重藤は落ち着いて、曲げわっぱを取り出した。

「ああ違いねえ、こりゃあ長部さんの味噌だ。嬶ちゃん良かったな！」

「ありがたいねえ」

女は深く頭を下げている。

「昔からここいらの漁師は長部さんの作る味噌が大好きでねえ。魚を卸すついでに寄っては、よく分けてもらってるんだ。うちの嬶ちゃんはことのほか好きでな」

その瞬間、子どもが大きくげっぷをした。女が背を叩いている。まるまると太った大きな赤子である。重藤が目を細めた。

「良いお子だな」

「長男でさ」

男は鼻の下をこすった。

「俺は田口吾平《たぐちごへい》。あっちは嬶《かかあ》の信《のぶ》だ」

信は着物を着なおして頭を下げた。赤子は腹がくちたせいか泣き声を上げることもない。うつらうつらしているようだ。

「警視隊の重藤脩祐《ながよし》だ。こちらは臼杵隊の赤嶺熙殿」

ありがたいことで、と吾平はこちらを拝む。

「臼杵を守るために奮戦してくださっていると聞いております。ここいらの漁師風情にも戦の話は入ってきますもんで」

「しかし、力及ばず」

熙が俯いて呟いた言葉に、吾平は首を振る。

「仕方ねえのはわかっております。縣廳の応援もなく銃弾も人手も足りないまま、薩賊の侵攻を防ごうとしてくださった……この土地に土足で踏み込む賊がすべての元凶でありましょうに」

「驚いた。よく通じておるのだな」

感心したような重藤に、吾平はへへと笑った。

「長部の旦那の受け売りでさ。あの人は俺らなんかにも面倒がらず、よく教えてくださるんで」

芳三郎の親父らしい、と煕も頷いた。

「あの人は分け隔てのねえ人ですから。こないだなんかもどこかの捨て子の面倒を見てましたし」

「捨て子？」

たまにあるんですわ、と吾平は言う。

「流れ者が廻《まわ》ってきたりするとたまにね」

思わず重藤をうかがう。重藤の表情は変わらない。

「流れ者？」

「山を流れ歩く者たちがおるでしょう。それこそ、そのわっぱなんかを作る。そういう者らは家族単位で移動しておるようです。家族想いでもあるんですが、たまに捨て子にも当たります。もちろん、流れ者たちじゃない場合もあるでしょうけどね」

「そんなに頻繁にあるんですか？」

「頻繁ではないですがね。もちろん素性はわからないまでも、たまに守り袋や細工物が付いてることがあって、これは化外《けがい》の子ではないかって」

「化外？」

この世の外の理《ことわり》で暮らす、流れ者たちでさぁ、と吾平は言う。

幕府や政府のしきたりの外――定住せず山野を回遊しては人里に下りて商いをしたりもする人々だ。

「なんて、これも長部の旦那さんの受け売りですがね。聞いた話では、どんな病も傷もたちどころに治す幻の薬を調合するっていう『杖《つえ》』連中もいたんじゃないかって噂で」

「杖？」

吾平は頷く。

「化外の杖、って呼ばれてるんだそうですぜ、その連中」

「どんな病も傷も治すんですか？　本当に？」

「都の天子様や将軍様でなければ、その繋ぎさえ得られないそうです。忍者だとか仙人だとか言われてます。滅多に人里には来ないそうですが、どうやって暮らしてるんですかね。俺も流れ者は見たことがあるけど、さすがにそんな突飛なものは絵空事だと思っておりますけども」

あんた、と信に窘《たしな》められて、吾平は我に返ったようだった。

「ああ長々と話してすんません。ところで、お遣いの御用向きはなんなんです？」

重藤は苦笑したようだった。

「船を頼みたいのだ。この赤嶺殿を佐伯沖に停泊している浅間艦まで運んでもらいたい」

吾平はそのとたん思い出したように声を上げた。

「ああ！　あの大きな帆船ですか。俺も見ましたですよ、沖合で」

「佐伯のほうだな」

いんや、と吾平は首を振る。

「臼杵湾《ここ》の沖合でさぁ。俺が戻ったのは夕刻なんで」

熙は重藤と顔を見合わせた。

「であればなおのことだ。船を出せる人を紹介してはもらえないだろうか」

何言ってるんですか、と吾平は笑う。

「俺のを出しますよ」

「だが……」

さきほどは出せないと言ってはいなかったか。

「気にせんでください。俺らが漁に出られるのも警視隊・臼杵隊の方々のおかげなんだ。薩軍になど、大きな顔をさせてたまるもんですかい」

ちょっと行ってくるよ、と立ち上がった亭主に、あいよ、と信は落ち着いて応えていた。

「熱い味噌汁を拵えておくよ」

楽しみだわい、と吾平が笑む。

「では赤嶺、頼めるか」

「重藤さんは」

「芳三郎のところに戻る。もし浅間が動いてくれるのなら、早急に市街地に潜む警視隊を避難させなければならん」

「あいつらのことも頼みます」

請け合おう、と重藤が胸を叩いた。

四章　虜囚・暗躍　臼杵／六月

久住／六月十七日（二）

海上とは違い、足下の確固たる揺るぎなさは、さすがに山であるゆえか。

熙《ひろむ》はあの夜、吾平《ごへい》の船で海原へ漕ぎだしたことを思い出していた。

妙《たえ》は大きな木に近づいては実を取ったり、皮を剝いだりしている。何をしているのか訊ねようかと思いもしたが、妙は話の続きをと促した。

「海上に出て驚いたのですが、吾平の言う通り、浅間は同日夜に既に臼杵湾に入っておりました」

日中のうちに、臼杵占領の報が齎されていたからだろう。

「俺は吾平に借りた笠で漁師に扮し、浅間に近づきました」

吾平は甲板から向けられた銃口に顔色を失くしていたが、両人に抵抗の意思のないこと、また熙が臼杵隊と名乗ったことで少々警戒を解いたのだろう。結果、熙だけ乗船を許可された。吾平は心配そうな顔をしていたが、深く頭を下げると、そのまま夜の海へと消えていった。

「俺は重藤《じゅうとう》さんから教わった情報を伝えました。あの人は書付を持たせてくれましたが、それが大層功を奏したので」

什長である重藤の名はすぐに照合された。おかげで熙の言葉は怪しまれることも軽んじられることもなかったのである。

重藤が芳三郎《よしさぶろう》に確認していたのは、薩軍の本営地であった。

「翌早朝、浅間から下船し、小舟で浜まで送ってもらいました。浅間はその後、臼杵川沿いに接近し、そこから薩軍の本営である鑰屋《かぎや》の蔵を大砲で直撃したのです」

1

浜から本町へと熙は駆け出した。だが朝陽に照らされた町の様子を見るなり、思わずその足を止めた。

そこここに、倒れている者の姿が見える。そのほとんどが警視隊の制服を着ていた。

隊服は厚みがある。だが袈裟懸けにされたせいで、無残な切り口部分が風にはためいていた。遺品なりともと近づいてみるが、金目のものは釦《ボタン》ひとつに至るまで剝ぎ取られ、あげく首までない。

目を転じればもうひとつの遺体は、腹を裂かれ、内臓を引きずり出されている。ぶんぶんと蠅《はえ》が飛んでいる。気温が上がればさらに虫が集《たか》りだすだろう。

「なんて惨《むご》い」

近づこうとした時だった。

「お待ちください」

背中越しに囁く者がいる。肩越しに見れば、農民の恰好をした男が立っていた。

「臼杵隊の方ですね」

「いかにも……あなたは」

「警視隊の手の者です。これ以上近づかないでください。ほら」

示された顎の先で通りをそっとうかがうと、三、四人の男たちがこちらを見ているのがわかった。

「あれは薩軍です。遺体を餌に警視隊、臼杵隊をおびき寄せているのです」

こちらへ、と男は熙を手招いた。隅に行き、背負っていた籠を下ろして、青い実を取り出して見せる。青梅《あおうめ》だった。いかにも行商人らしい仕草だ。

「警視隊にも探偵がおられたのですか」

男は頬かむりの目を向ける。糸のように細い目だ。

「戦とは情報戦でもあります」

そうだ——情報は戦いを左右する。欺瞞情報も、隠された情報も、そのすべてが。

熙は息を吐いた。

「俺はさきほど浅間艦から戻ってきたばかりなんです」

男が驚いたように目を瞠った。

「薩軍の本営を砲撃するために準備してくれるそうです。本営近くの臼杵の人々を避難させたい。協力してはもらえませんか」

男は少し躊躇する風を見せたが、頷いた。

「私は別途任務があるのですが、そういうことなら出来るだけのことを致しましょう。あなたはくれぐれも町中の警視隊の遺体に近づかないでください。たとえ白襷がなくとも、すぐに士分だとは知れますから……私が察せたように」

男は熙に青い実を握らせた。

「私は硲《はざま》と申します。もし身を潜めている警視隊に行き合ったら、陽が高いうちは身を隠すようお伝えください。連中は市中の警視隊を捜索しては問答無用とばかり次々と殺害しています」

重藤のことが頭をよぎる。

「臼杵隊の方は捕らえられても降伏すれば危害は加えられないかもしれません。ですが絶対にそうだとは断言出来ない。出来る限り、薩軍には近づかないよう」

わかった、と煕は頷く。男は籠を背負った。

「砲撃は何時からですか」

「おそらく午過《ひるす》ぎではないかと」

了解しました、と男は軽く頭を下げて去って行った。

煕が小さな青梅を眺めるふりをしながらうかがうと、まだ薩軍らしき男たちはこちらをうかがっているようだった。

自ら火種を作りに行く必要もない。

煕は踵を返し、跡を付けられていないかどうか慎重に確認しながら、町家へと向かった。

※※※

隠れ家の近くまで来た時だった。妙だと思う。さきほどまであった警視隊の遺体は見当たらず、薩兵のものにとって代わった。近づいてみる——血も乾いていない。

だがこちらもまた、さきほどの警視隊と変わらず——いや、それよりもっと酷いかもしれない。臓物が抜かれている。かと思えば、こちらには生首が落ちている。目も鼻も削がれたもの、縦に割り開かれ、脳漿《のうしょう》が出ているものまである。こみ上げるものを抑えるのに必死だった。

隠れ家の周辺に人気はない。慎重に近づいた時、不意に鼻先に血の臭いが漂った。

戸は少し開いていた。嫌な予感に思い切り引いてみる。土間に誰かが倒れていた。

「芳三郎！」

とっさに智宣《とものぶ》を連想した。そのくらい、その倒れ方は似通っていた。

「芳三郎！　しっかりしろ！」

芳三郎もまた背中を斬られていた。

「和弥《かずみ》殿！　重藤さん！」

どこからも返事はない。家の中は出て行った時と同じだった。畳に土足跡もなく、取り立てて荒らされたような形跡もない。和弥の寝ていた簡易寝床はかなり乱れてはいたが、それだけだ。荷物も服も、何も残されてはいなかった。

——和弥はどうした。夜のうちに戻ったはずの重藤はどこに行った。

なぜ、芳三郎が背中から斬られているのか。

渦巻く問いに答えを探す暇はない。家中をざっと確認し、急いで芳三郎の許《もと》へ戻り、智宣と同じように背に負った。

「しっかりしろよ、芳三郎！」

声を掛け、出来るだけ芳三郎を揺らさないよう路地を駆け出した。

法音寺《ほうおんじ》は医療を扱う衛生本部とされていた。熙は芳三郎とともにそこへ駆け込んだ。本営である大橋寺はおそらく既に薩軍に踏み込まれているだろうと考えたからだ。

「これはいかん」

芳三郎を見るなり荘田宋仙はすぐに彼を奪い去った。宋仙は臼杵隊本部の医長でもあった人物だ。すぐに縫合に掛かってくれるという。処置室にはもう一人、警視隊の男がいたが、芳三郎を優先してくれたらしい。あちらも大怪我をしているようだった。

「あんた、臼杵隊の人か」

上がっている息の下から男が喋った。寝かされていて怪我の具合は見えなかった。熙は頷く。

「俺は警視隊の生田《いくた》堯純《あきすみ》という。斬られたのも臼杵隊か？」

「いや、町家の者だ」

応えると、袈裟懸けとは酷いな、と顔をしかめた。

「俺もここの医師や臼杵の衛生隊に助けられておるが、まだ外には出られんだろうな」

危険です、と熙は答えた。おそらく城内の指示をまだ生田は受けていないのだろう。重藤に代わってその指示を伝えると、そうか、と片手で顔を覆った。

「我らがこれほどの大敗を喫するとは」

「ともかく外には行けません。臼杵隊はまだしも、警視隊は捕まれば処刑されているようです。身を隠していてください。お仲間に同じことをお伝えください」

「あんたは？」

「俺は……」

熙は外を見る。夏とも見紛《みまが》うばかりの白い光が地面を照らしている。

声を落とした。

「まもなく浅間からの艦砲射撃が始まります。薩軍の本営を狙ったものですが、せめて周囲の町家の人たちくらいは避難させてやりたいので」

生田は驚いたようだった。

「薩軍の本営って……おまえ、それは一番危険なところじゃないか」

「それでも俺は行かねばなりません」

硲も協力してくれると言っていたが、時間がない。少しでも臼杵の人命は救わねばならない。

「隊に志願したのは臼杵を守りたいからです。臼杵を守るとはまず、そこに住む人たちの命を守るということでしょう」

薩軍を押し返せなかった。それは臼杵隊の落ち度だ。町家の人びとは大部分が避難したようだが、逃げなかった人たちもいる。乗り込んできた薩兵に強制的に物資や家を徴発され、あげく艦砲射撃で命まで落としてはあまりに理不尽にすぎよう。

この時点で熙は、艦砲射撃の精度をそれほど信じてはいなかった。

「俺は、今、俺が出来ることをするだけです」

芳三郎に何があったのか。まだ動けないはずの和弥は、そして重藤はどこに消えたのか。

頭を振って疑念を払った。まずは芳三郎だ。

「気をつけていけ」

生田はそう言ってくれた。

「出来れば力になりたかったが」

「十分です……警視隊のみなさんが臼杵に来てくださっただけでも、我らがどれほど心強かったか」

熙は微笑む。生田は幾分安堵した表情を見せた。

「芳三郎を頼みます。必ず戻ってきますから」

「無事を祈る」

生田は震える手で敬礼を返してくれた。

※※※

長部米穀店には人がいなかった。薩軍が集っているのだろうとおそるおそる近づいたが、中はかなり荒らされた形跡こそあれど、人気はない。土間に残る大勢の足跡が、そのまま畳の上にも広がっていた。

「煕さん？」

店から出てきたところを呼び止められた。頬かむりをした三十路を超えた背の低い男性――米穀店の手代《てだい》である。

「市原《いちはら》さん？」

「ああやっぱり煕さんだ。ご無事でなによりでございます」

拝まんばかりに手を合わせた。

「みなさんどこに」

「薩軍に荒らされてしまいまして、あちこちに。幸い、家内は誰も被害はありませんで」

「あの、実は芳三郎が」

一言話すたびに、市原の顔がみるみる蒼白《そうはく》になっていく。

「すぐに旦那さんに知らせます」

今にも走り出しそうな市原を呼び止めた。

「もうじき薩軍の本営に艦砲射撃が来ます。出来れば本営の周辺からは離れていただきたい……これを薩軍以外に広めていただけると」

心得ました、と市原は頭を下げる。

「薩軍になど知られてたまるものですか。腐っても長部米穀店、この辺りには顔が利きます」

熙は安堵する。

「そう言っていただけるとありがたい。芳三郎は今法音寺での治療中ですから」

法音寺？　と市原が眉を顰める。

「さっき前を通ってきましたが、騒ぎになっていたようですよ……なんでも薩軍が押し入ったとか」

今度は熙の顔から血の気が引く番だった。

「い、市原さんは住民の避難を。俺は一度法音寺に戻ります」

「私もその手配が出来次第すぐに駆け付けますから！」

大慌てで熙は元来た道を引き返した。

「何事ですか！」

庭に置かれていた鉢は割れ、あちこちに土足跡が山ほどついている。芳三郎がいた診療場所には割れた機材を片付ける小坊主が二人ほどいるだけだ。

「これはいったい」

「ああ、さっきの臼杵隊の」

小坊主の一人が駆け寄ってきた。

「薩軍が乗り込んで来たんですよ。ここは警視隊の繃帯所となっておるだろうと」

とっさに生田のことが頭をよぎる。氷を背中に突っ込まれたかのようにひやりとした。

「生田さんは」

「ご無事です」

小坊主は笑った。熙は膝から下の力がなくなり、その場にへたり込んでしまった。町家を全力で往復したことも手伝っているのだと思いたい。

「生田さんは治療中だったんですけど、とっさに上人《しょうにん》様の機転で庫裡《くり》に」

患者を庫裡の二階へ、医師らをそのまま庫裡の中に隠れさせ、日乗上人が堂々と薩軍に対峙したという。

ここは既に繃帯所に非《あら》ず、一通り捜索したならこのまますぐに立ち去ってほしいと告げた、と。

だが薩軍は物資などを強奪し、また来ると言って引き揚げたという。

「ここも危険でしょう。患者は医員の屋敷にそれぞれ移送するとのことでした。詳細は衛生兵の庄田さんにお訊ねになってください」

「あいわかった。芳三郎の身内がまもなくやってくると思うので、その話をしてさしあげてはくれまいか」

承りました、と小坊主は頷いた。

2

自分の足が重かった。疲労がのしかかっている。開戦以来、気の休まることがなかったが、この数時間はさらにそうだ。

帰りに警視隊の本営のあった大橋寺に寄ると、なんと向かいの川べりから薩軍の掃射に遭っていたという。川幅は二百五十メートルもあるからとおっとり構えていたものの、薩軍の持つ銃の有効射程は千メートル弱もあったのだ。

川に面した書院に打ち込まれた弾丸が二発そのままになっていた。梁の周りは無残に抉《えぐ》れ焦げている。辛くも人に当たらずと聞いて、一旦は胸を撫でおろしたが、避難している女子どもをはじめ、病人や怪我人などは生きた心地がしなかったのではないかと思う。

ざわつく大橋寺の人々に事情を話した。大橋寺にも薩軍はやってきたが、警視隊がいないことを確認したあと引き揚げていったという。

熙の事情を聴いた住職は匿《かくま》うと申し出てくれたが、熙は首を振って大橋寺を後にした。

どおん、と大きな音が轟く。顔を向ける。町家のほうだ。浅間艦の艦砲射撃が始まったのだろう。果たして町人の被害は出ていないだろうかと案じる一方で、同時にこれで薩軍に一矢報いることも叶っただろうかとも思う。

臼杵隊とはかち合わなかった。どこかに身を潜めているのだろうか。

——壱六助《いちろくすけ》は無事に逃げ果《おお》せただろうか。

ふらふらとした足取りで戻ってきたのはあの隠れ家である。戸が閉まっている。芳三郎を抱えて出た際、開け放して出てきたはずだが。

引き戸に手を掛けた瞬間、何者かに引きずり込まれ、土間に押し倒された。コロコロ、と転がった青い実を、誰かの足が踏みつぶしたのが見えた。

「のこのこ戻ってくっとはな！」

賊か、と視線だけで睨みあげる。明るいところから入ったために、影しかわからないが、家内に入り込んだ不審者は三人いるようだった。

「我が弟に傷を負わせたのは貴様か。地元の隊士だな」

奥から声が聞こえる。

「なんだと」

「俺は佐尾史利《さおふみとし》。貴様《おんし》らが虜にした佐尾和弥の兄ちゆえばわかっか」

力任せに首を上げると、和弥のいた寝床に膝をついて検分している男と目が合った。浅黒い肌、太い眉。意志の強そうな目。熙より年長だろう。上背もあるが、目方もかなりあるようだ。全体的に筋肉質で、和弥とはずいぶん印象が違う。

「言いがかりだ。和弥殿を介抱したは我らだぞ！」

「まあ口《くっ》では何とでん言いがなっがな」

後ろ手に縛《いまし》められ、無理やり立たされた。

「和弥殿は無事なんだな」

男は眉を上げる。

「和弥は我らとはぐれておったようだ。いきなり血相変えて『警視隊に襲われた』ち言うで急いで駆け付けてみれば蛻《もぬけ》の殻……和弥の言う斬られた町家の者もおらぬ。和弥が偽りを言うはずもなかしな……傷は本物じゃったし」

熙は目を瞠る。芳三郎を担いで行った後に来たのだろう。

「和弥殿がそう言ったのですか……警視隊に町家の者が斬られたと？」

確かに左の肩下を斬られたのは警視隊だろう。だがまた聞きとはいえ、芳三郎を斬ったのが警視隊だと熙には聞こえた。

「じゃっど。今、この家で襲われたと……じゃっどそいはおらん。死体を片付けたのじゃろ。で、待っちょったらのこのこと帰ってきたのが貴様《おんし》よ。おおかた警視隊とつるんでの非道か」

冗談じゃない、と熙は吐き捨てる。

「何も知らぬくせに……今まさに非道を行っているのはそちらではないか！」

「俺達《おいたつ》は天下一の大事業を成さんとする最中じゃ。貴様《おんし》風情に是非を問わるっ筋合いじゃなか」

連れて行け、と佐尾史利は顎をしゃくった。

こちらの言うことなど端《はな》から聞く耳を持っていない。諦めて熙は小突かれるままに通りを歩いた。

砲撃の音が間遠になっている。

「糞が……艦砲射撃なんぞしよって」

薩摩兵の一人が悪態を吐《つ》いた。

「おかげで屯所を移す羽目になったじゃなかか」

浅間に搭載された十四の砲門のひとつが、本営の置かれた鑰屋の蔵のみを、正確に打ち抜いたという。蔵からは発火したものの、被害は他に出ず、その正確さに熙は内心舌を巻いた。

艦ではすぐに測量掛《がかり》が地図を引いていたが、かくも優れた弾道計算だったか。

留恵社から強奪した物資等で無事なものは、すべて新しく本営を置いた畳屋町へ運んでいるという。移すというなら和弥もいるのだろう。

和弥が無事なことはわかった。芳三郎を斬ったのも、もちろん和弥ではないだろう。

警視隊が斬った、という言葉が気にかかる。

――智宣。

袈裟懸けで斬るということは、相手を信用して背を見せていたということだろうか。

智宣は最後に何と言っていただろう。

――重藤はどこにいる。

熙は首を振る。

疑念を抱くより、斬った場面を目撃した和弥に問いただしたほうが早い。

――芳三郎を斬ったのは、一体誰なのか。

※※※

薩軍は、畳屋町の大茶屋に本営を移している真っ最中であった。

「なんやこいは」

「臼杵隊の隊士じゃ。警視隊と繋がっちょる可能性があっで尋問すっ。水と餌は与えちょけよ」

「その前に、市濱で警視隊を処刑するが、見に行くか」

お、いいな、と数人の薩兵が賛同した。

「すぐそっじゃ。ちょうどよか、お前《わい》も来《け》」

後ろ手に縛められた状態で、縄を打たれ引っ立てられるようにするとつんのめってしまう。現にここに来るまでも何度か砂にまみれた。着物は汚れ、顔は擦りむいてヒリヒリしている。それを見るたびに薩兵どもが笑う。

熙は歯を食いしばって歩いた。

市濱の橋のところで警視隊を選別しているとは聞いていた。そこから船で逃げる者たちが多かったからだろう。

橋のたもとの砂州に並ばせられた警視隊の数はざっと十人はいるだろうか。各人の後ろに一人ずつ、薩兵が立っている。

鈍色に反射する刀――煕は目を離せなかった。

「ああ、申し訳ない、申し訳ないねえ」

「わざわざ臼杵を守るために来てくれたのに」

近隣に避難し、薩兵に怯《おび》えているとはいえ、集まってきた群衆は少なくなかった。警視隊を眼下に、泣きながら拝んでいる人々の姿が目に付いた。

やれ、と上官らしき男が手を上げた。その瞬間、それぞれの薩兵が動く。

やめろ、と声を出すことも出来なかった。

次々に首が刎ねられて宙に飛ぶ。ゴロゴロと重たげに転がって止まる。辺りにはどよめきが走った。

「よかぞ上等、見事《みごつ》じゃ！」

隣で薩兵が快哉を叫んでいる。煕は不意にもう一人に頭を摑まれた。

「よう見ちょったか！　お前達《わいたつ》もあげんなっかもしれんでな！　素直に従ごたっど」

聞こえよがしの大声は、集まった人々にも聞かせるためでもあるのだろう。

ぎり、と歯軋りが鳴る。

牧田《まきた》の首を想起させて、目の裏が熱くなる。にじむ涙を必死にこらえた。

――これが、戦いに負けるということなのか。

怯懦ではない、恐れでもない。

ただただ、悔しかった。

3

熙は本営の茶屋に戻るなり、蒲団《ふとん》部屋らしき一室に放り込まれた。用便のための盥があてがわれ、夕方に水と芋が差し入れられる。それだけだった。

尋問や拷問を覚悟していたが、本営の中は遽《あわただ》しく、虜として捕らえられた者に気を配る暇はないのだと思われた。ならば解放すればいいものを、一度嫌疑をかけたものを何の詮議もせずに野放しには出来ないのだろう。非常に宙ぶらりんな状態にあると言って良かった。引き戸には錠が下りていて、こじ開けることも出来そうになかった。

一日目はまだ座したまま耐えることが出来た。寝具もないわずか三畳ほどしかない部屋だったが、嵌《は》め殺しの明かり取りの窓があり、時間の経過はそこで確認出来たからだ。

だが二日目は体が動かなくなった。打ち身や擦り傷はあれど、これしきで音を上げるほど鍛え方は弱くないはずだったが、戦から休む間もなく動いてきた身には急に動きを封じられるとその落差に不都合を生じるのかもしれない。仮眠をとるつもりで横になったまま、朝になっても動けなかった。尿意もない。動かずにいても、細い竹筒に入った水を飲み、小さな芋の欠片《かけら》を口に入れただけでは、全身を維持するに足りなかったのだろう。

最初の夜こそ益体《やくたい》もないことをあれこれ考えていたが、だんだん考えることも出来なくなっていた。三日目の朝、瞼以外が重くて動かせないでいる。指を動かすのすら億劫だった。六月に入ったばかりとはいえ、日中は蒸し暑い。消耗していたのかもしれない。

五日目、芋を目に映しながら、もはや食べる気力もない。朦朧とする時間が長くなった。

だから、戸が叩かれた時も、幻覚か、あるいは白昼夢かと思っていた。

「赤嶺《あかみね》さぁ……赤嶺さぁ」

声が聞こえた。押し殺したような、囁くような声だ。こんな声に聞き覚えはない。

「赤嶺さぁ、俺《おい》です。佐尾和弥です」

名乗られてもしばらくは返事が出来なかった。あ、と声を出した気がする。かすれて音にならなかったかもしれない。

ともかくも、今扉を隔てて和弥が来ている。持ち上げるのに往生するほど重い手を持ち上げて、ばたん、と落とした。二回。

「良かった、聞こえちょっとですね……声は出しがなりますか」

出る、と声を出した。かすれたが今度はなんとか音になっただろうか。

「すいもはん、熱を出していて寝込んじょったで来《く》っとが遅くなりもした。まだ鎰《かぎ》も見つかっちょいもはんので、ここを開けてさしあげられんです」

和弥は悔しそうに言う。

「なんとか兄に話をしてきます。兄が不在のことが多くて、まだちゃんと伝えられてなかです。この人は命の恩人じゃち何度も言うたですが、兄以外は俺の言葉など聞く耳を持たず」

和弥の声には悔しさがにじんだ。

「芳三郎さんは何事《ないごつ》もなかでしたか。彼はまたも俺に逃げち言うてくださいもした。そいで助けを呼びに走りもした、じゃっどん……」

和弥の声が震えた。

「傷ももうようなってきちょいもす。何度も助けてもらったのに、何の恩も返せず」

熙は必死に声を出そうとしていた。和弥が見た警視隊――芳三郎を斬った男とは、重藤だったのか、と。

だが、喉が張り付いたようになり、声が出せない。

「俺たちは決して町を、人を蹂躙するために進軍しちょっとではなか。じゃって、無人の空き家に押し入り、衣類を盗んだり、食料や家財を強奪したりすっこっが果たしてまこて義を為すことじゃっでしょうか。脅して軍夫《ぐんぷ》を徴発し、牛馬のようにこき使い、逃げる際には火を放つ。敵とはいえ、捕虜として捕まえた警視隊を生きたまま支解《しかい》したり、その遺体を試し斬りと称して毀損したり、あまつさえ、賊肉《ぞくにく》として嗜食《ししょく》にすら及ぶ。こいが戦じゃちいうとでしょうか。大将が望んだ進軍やっでしょうか」

和弥、と呟いた声は、やはり聞こえなかったようだ。

「人が来そうです。重岡にいた奇兵隊も応援に来ちょいもすので、人が増えているんです。俺は戻ります。赤嶺さぁ、早めにここを出っくいやい。なんとか出せがなるようにしもんで。――どうか生きてください。どうか」

扉の前から人の気配が消えた。熙は何度も息を吐き、飲み干したはずの竹筒をもう一度傾けた。雫が数滴口の中に入る。

ぎしぎしと音を立てそうな関節を曲げ、拳を作った。

ここを出る。出なければ。

「……生き延びる」

今度は小さくとも声が出た。音として耳に届いた。

※※※

「おい出ろ……くそ、臭《くさ》かな」

戸は翌朝に開いた。といっても解放ではない。場所を移すらしい。

「新しく捕虜が来ちょっでな。尋問すっとにこん部屋がよかち聞きもした。お前はお役御免じゃなか。堀川沿いの唐人町に移るだけじゃ。しっかり締め上げっくるっでな！　さあ立て」

立つだけでもやっとの風体の熙を見て、薩摩兵は留飲を下げたらしい。

「お前《わい》もなあ、士分じゃたろ？　なら俺たちの仲間になれば良かやろうに。弱腰の中央政府なんざぶっ潰してしまえば、列強を圧倒することも出来るようになったっど」

熙は眉ひとつ動かさない。正確には動かせなかった。顔の筋肉にまで気を配れるだけの余裕はない。

「けっ、強情《じょごえわろ》な野郎じゃ」

和弥と話をしたかったが、気配はないようだ。だが熙が移送されたことはわかるだろう。

もしかしたら和弥が移送を進言してくれたのかもしれない。

鍮屋より唐人町のほうがまだ訪ねて来やすいだろう。諦めるなと己に言い聞かせた。

――機会はある。

「さ、行っど」

移送は薩兵が二人だけだった。弱り切った熙に反撃されることなど万が一にもあり得ないと思っているのだろう。それでも一人でないのはそういう規律があるのかもしれなかった。

「歩け」

縛めは変わりない。腰縄を打たれ、罪人のように通りを歩く。太陽の眩しさに目眩《めまい》がした。しかしそれ以上に、町の荒れようが目についた。

あちこちに腐乱した死骸がある。数日放置されたと思しきそれらには虫が集り、すさまじい臭気を発していた。

――あれから誰も遺体を動かしてはいないのか。

汚《きたね》ぇなあ、と大声で吐き捨てた男が顔をしかめた。

「なあおい、あいも海に棄てっけえち言えよ」

何言ってんだ、と呆れたようにもう一人が返す。

「警視隊の死体を動かすなち決めたとはこっちやろが。こないだんよに町の連中が菰《こも》に包んで住吉《すみよし》神社の前に棄《す》てってくれれば良かったたっけど」

住吉神社は臼杵川河口、汽水域に浮かぶ島にある。

「あそこなぁ、近づきたくなかとよ。先《せん》に棄てた死骸がぷかぷか浮いちょって」

「魚に目玉も食われちょっちな。その前に首そのものがなかったりすっやろ」

そうだな、と談笑する。さらに目眩がしそうだった。犬猫の死骸でさえ、そんな投棄はしない。

新町に抜ける細い通りを通る。この辺りの人間は避難している者が多く、ほとんどが空き家である。

「見れ、この着物《きもん》よかやろ」

男が袖を引っ張ってみせた。

「この辺の空き家、手つかずじゃっど。選びたい放題じゃ。お前《わい》も良かとを選んじょけよ」

「じゃっど、替えもいるしな」

「臼杵さぁさぁやっどなぁ。こけ来て大勝して着物も食い物にも不自由せんごっなって……ようやく報われた気がすっど」

熙は唇を嚙む。その不自由しない着物や食べ物は、白杵の者たちが苦労して蓄えたものではないのか。その日を暮らしてゆくための、大切な糧だったのではないか。武力を以て侵攻した者たちはこれを当然の戦果として受け取り、為す術なく蹂躙された者たちは、それを甘んじて受け入れなければならないのか。

一変する生活、次々に喪われる命、飢えと困窮と荒廃に喘《あえ》ぐことを強制される。

彼らの話す先の未来、国の行く末も、熙のような末端の人間にはわからない。もしかしたら、これは重藤の言う「駄々」ではなく、日本国が大きく変化するためには必要な試練であるのかもしれない。

大義を掲げるのは結構だ。考えの違いからの衝突も已《や》むを得ない場合もあるのだろう。

だが侵され蹂躙されることは必要なことなのか。

蹂躙の対象が、己の住む土地、大事な人々だとしても、それを許容出来るのか。

せめて盾になりたいと思った。誰にも傷ついてほしくなかった。ただ穏やかな日々を守りたかった。

ただ、それだけだったのに――。

今、力がないばかりに蹂躙されるこの身が、まさにこの地を象徴しているように思えてならなかった。

どれほどの大義があったとしても。先々で国を肥《ふと》らせ、日々の暮らしを豊かにすると約束されたとしても。

――今ここで踏みにじった命の、先の未来とは。

「ほら、着いたぞ。こっじゃ」

空き家のひとつだろう、戸を引いた。煌々と白く光る外から、黒く湿った室内へと三人が入った時だった。

うわあ、と声がして、薩兵が倒れた。縛めの縄が切られる音がした。

「ご無事でしたか、赤嶺さん」

光源が少なくて目を細める。

「私です。硲です」

頬かむりを解く気配がする。声と影が繋がった。

「硲さん……どうして」

そう言ったつもりだが声になっていなかった。硲はすぐさま竹筒を寄越した。水だ。

「飲んでください」

すぐに飛びついて噎《む》せたが、喉を鳴らして嚥下《えんか》した。苦しかった喉のかすれが取れた気がした。

「臼杵隊の隊士が捕まって拷問されているという情報がありましたので」

「拷問は、これからでした」

憔悴《しょうすい》しきった煕を見て、硲は察したようだった。

「遅くなってすみません。もっと早くにお助けしたかったんですが、さすがに本丸に単身乗り込むわけにもいかず」

「いえ……助かりました」

こうして来てくれただけで十分だ。こいつらは、と倒れた二人を見る。

「縛っておきましょう。どうせ誰かが様子を見に来る」

どちらも命に別条はない。一人は脳震盪《のうしんとう》を起こして呻いている。もう一人は完全に失神していた。

「本当は殺してやりたいところですが」

熙は意識のない二人を見下ろした。

警視隊の処刑、略奪、暴力……目の前でも幾人もの仲間や上官が殺された。

恨みがないわけがない。熙とてこの手で――そう思ったとたん、掌が震え出す。

誤魔化すように首を振った。

「止しましょう。追って来られないならそれで構いません」

硲は頷いた。裏口を案内される。肩を借り、覚束ない脚を必死に動かして、なんとか歩けた。

ほんのわずかの時間で、息が上がる。長距離を走ったかのような息の吐きように、硲がもの言いたげに何度かこちらを見たが、何も言わなかった。

「着きましたよ」

一見して農家である。が、鶏小屋らしきものは破壊され、戸は傾いでおり、既に略奪の跡が見て取れた。

家の中に住民の気配はない。怪訝に思っていると、こちらだと示されたのは広々とした庭の奥、鬱《うっ》蒼《そう》とした木々に紛れるように建てられた古い土蔵である。

「強奪後の家ならば、改めて調べられることも少ないので」

硲が解説してくれる。土蔵は二階建てになっている。

「戻りました」

断続的に数回戸を叩いてから、声を掛けて硲が中に入る。

「おまえは、赤嶺ではないか！」

臼杵隊の面々がそこにいた。数人の警視隊もいた。腰を浮かして熙を見た者に目を瞠った。

「無事だったか……」

思わず声が出た。

驚いた顔でこちらを見ているのは、岡辺《おかべ》壱六助と種瀬《たねせ》三岳《みたけ》だ。

「お主こそ、生きていたか」

すぐ隣から、年配の手が伸びてきた。名は知らないが、見覚えはある。隊士の一人だ。

「牧田が目を掛けておった若造だったな……たしか赤嶺」

顔を触られて初めて、知らぬうちに自分に髭が伸びていたことを知る。

脳裏に牧田の飄々とした顔が浮かんだ。

「赤嶺さんに、何か腹に優しいものを食わせてさしあげてください。だいぶ弱っておられるようだ。薩軍の虜になられていたようですから」

硲の声に、周囲がどよめいた。

憔悴ぶりは一見するだけで十分なようだった。あちこちから大変な目に遭ったな、と労《ねぎら》われ、ひとまずこれでも食えと口に何かを突っ込まれた。

甘酸っぱい。目の前が一気に明るくなる気がした。これほど美味いものを食べたことがないと思ったが、舌に馴染むと食べ慣れたのし梅の味がした。

「あの、硲さん」

目の端で再び行商の恰好をして、外に出て行く硲が見えた。熙は思わず呼び止める。

「なんでしょう」

「重藤さんを見ませんでしたか」

硲は驚いたように動きを止めた。

「なぜ什長殿を?」

熙はかいつまんで事情を話した。

「隠れ家に戻ったら重藤さんはいなかったんです。芳三郎は背中から警視隊に斬られたと、和弥殿が証言している」

相手に背を向けていられるのは危険がないと判断するからだ。そしてあの時、あの家にいた警視隊は一人しかいない。

「赤嶺さんは、芳三郎さんを斬ったのが什長殿だと？」

それはわかりません、と熙は正直に答えた。

「だが隊の伝令をしていた智宣も、同じように背後から袈裟懸けに斬られて死にました。智宣は死に際に、顔を見たと言い遺《のこ》した」

『違……顔……視た……じゅう』

「思い返せばその後すぐに、俺は重藤さんと会ってるんです」

智宣の時も、だから近くにいたのだと考えれば平仄《ひょうそく》は合う。

「重藤さんなら俺だって疑うことなく背を預けるでしょう。信頼しているからです。だから芳三郎や智宣が斬られた状況だけを考えたら、彼は限りなく疑わしい」

「では、什長殿が斬る理由はなんだとお考えですか」

理由、と熙は言いよどむ。考えたこともない。そもそも斬る行為そのものが不条理なのだ。

「わかりません」

硲はため息を吐いた。

「目撃者である佐尾和弥に確認するのが一番手っ取り早いのでしょうが、さすがに正面から訊きに行くことも出来ない以上、什長殿を探し出すほうが現実的ではありますね。探索ついでに探してきましょう」

裕は振り返る。

「ですが什長殿は」

そこまで言ってから言葉を切った。

「何ですか」

「いえ、何でもありません」

裕は籠を背負う。

「話は本人からお聞きになったが良いでしょう。不安ならば私も同席してもよろしいですし」

裕はそう言い残して出て行った。

「赤嶺！　体がよければ話だけでも参加するか。今から合議するのだが」

逡巡したが、呼びに来てくれた隊士に頷いて二階に戻った。

本当に、犯人は重藤なのか。

二人を斬るのに何の理由があったというのか――。

余計に袋小路に入り込んでいくような心持ちがした。

4

熙が戻ると同時にその場にいた者が前を向いた。隊士だけでざっと二十人ほどはいるだろうか。座しているのは白襷の隊服をまとった二番隊分隊長、服部陽一。隣には警視隊らしき数名が控えていた。

臼杵城からの脱出時に殿軍として戦ったのが二番隊である。引き締まった空気に満ちている。

「町中にはいくつかの拠点がある。ここもそのひとつだ。諸君、よく集まってくれた」

現状を伝えよう、と大きな紙を部下が支える。どうやら剝《は》がしてきた襖紙のようだった。

「本日払暁、野崎中佐率いる第二旅団第十連隊第二大隊、第十一連隊第三大隊が大分町に入ったとの一報が届いた」

おお、とどよめきが満ちる。警視隊らしき一人が口を開いた。

「豊後口警視隊及び警視徴募隊はこれより野崎中佐の二個大隊指揮下に入る。おそらく明日には号令を発することとなるだろう――臼杵奪還作戦である！」

熙は身を乗り出した。

「左翼先鋒・援隊は白木《しらき》峠にて展開。第十四連隊第二大隊第一中隊・第二中隊及び警視三番小隊。攻撃兵として遊撃第一中隊、第六連隊、第三大隊第四中隊。中央先鋒・援隊を松原《まつばら》峠・吉野《よしの》越《ごえ》。本日野営後、明日久木小野《くぎおの》方面からの進撃。予備隊は攻撃隊の指示に従う。右翼は先鋒・援隊・予備隊ともに野津市《のついち》口を占拠。しばし待機し、機を見計らい臼杵街道へ進撃する」

臼杵陥落から七日。当初援軍を渋っていたとはとても思えないほどの、迅速な臼杵奪還計画だ。

――これが本気か。

知らず武者震いがあがってくる。

同時に、なぜこれが臼杵戦前でなかったかと歯噛みしたい思いにも駆られた。

「我々臼杵隊は鎮台及び警視徴募隊の嚮導に当たる。よって本日の昼過ぎまでに出立準備を整えてもらいたい。編成はこの図の通りだ。異なる時間帯で出立、三々五々、落ち合う場所へと向かえ。現着最終を明日未明とする」

勇んで前へ前へと隊士たちが詰めかける。

「くれぐれも事前に薩軍に動向を気取られぬよう。では諸君」

彼らは一斉に立ち上がり、帽子を被って敬礼をした。

「健闘を祈る」

※※※

「赤嶺は虜囚になっていたのだからまだ残っておれ。編成にも入ってはおらんし」

そんなわけにもいきません、と熙は立ち上がろうとしたが、立ち眩《くら》みで膝を折った。

「ほらみろ、そんな体で何が出来る」

無理をするな、と口々に言いながら、仲間の心既にここに在らずで、出立すべく、着々と準備を整えている。そのわずかな合間に、隅の熙に構っていってくれる。

「こんな大事な時に、何の力にもなれんとは」

最前にたっぷりの水と梅と粥《かゆ》を食べた。思った以上に足腰が萎《な》えていることに驚いた。力が入らない。囚《とら》われたのはたった数日だったのに、まるで長患いの後のようだ。

「おまえの分まで俺たちが働いてくるで、安心して寝ているが良い」

笑いながら隊士たちは土蔵を出て行く。腹がくちたのと安心したのとでうつらうつらしているうちに陽が暮れていたらしい。

途中で誰かに呼ばれた気もしたが、深く眠り続けてしまった。起きたのは翌日の昼近くになってからだった。

「起きたか」

驚いた。傍に種瀬三岳がいた。

「具合はどうだ」

平気だと手を振ってから上体を起こした。寝ていた記憶がほぼない。熟睡というより昏睡《こんすい》に近かったらしい。軽い立ち眩みは残っていたが、頭はずいぶんはっきりしていた。

「よく生きていたな」

憔悴ぶりを心配してくれたのだろう。

「他の者はどうなった。壱六助はどこだ。無事でなによりだったが」

無事に逃げ果せたかがずっと気がかりだったのだ。

三岳は苦笑する。

「壱六助は水を汲《く》みに行っておる。わしらはお主の看病番じゃ。もっとも壱六助はお主に合わせる顔がないと言うておったが……」

『怯懦もここに極まれりか！　見てろ、わしは貴様《うぬ》より手柄をあげてやる。士分の神髄は、稽古試合などにあらずと証立てしてくれるわ！』

そんなことを言っていたのに。

「お主のせいじゃない。あいつの性根《しょう》の話じゃや。……赤嶺煕」

三岳は居住まいを正した。

「わしが言うまでもないことだが、改めて礼を言う。よくぞ壱六助めを救ってくれた」

煕は黙って首を振った。両手に目を落とす。

まだこの手には、命を奪った瞬間が焼き付いている。

三岳は小さく息を吐いた。

「隊の中には薩兵に囲まれ、連れて行かれて戻らぬ者もおる。刀を取られて命からがら逃げた者もおる。無残な仲間の死にざまを目の当たりにして腰を抜かした者とて少なくない」

三岳はまるで自分のことのように顔を俯け、かすれた声のまま続ける。

「あの時は激しい雨で、人の影すらよく見えないほどだったな。覚えておるか、撤退の日のことだ」

町中の路地は決して広くない。複雑に入り組んでいるその路地に、出合い頭に薩兵に行き当たり、斬り合いになることも珍しくなかったという。

「わしも組長たちについて走っていた。だが路地のあちらこちらから湧いて出る薩兵に怖気《おじけ》てな、先に行け、逃げろ、と道を切り開いてもらっているうちに、いつの間にか一人になっておった」

篠突く雨にずぶ濡れになったまま、ひたすら路地を走った。だがまた薩兵に出くわしたら、今度こそ戦わずには生き延びることなど出来ないだろう。慣れた屋敷への道のりがこれほど遠いものだと思ったことはなかったという。

「他の隊士に助けてもらって情けないとか、次は斃《たお》してやる、なんて思うことすら出来なんだ。頭にあったのは恐怖だ。この町は路地が狭く、死角が多い。そのどこもかしこもに薩兵が入り込んでいた。安全な場所などない。次の角で斬られるかもしれない。人影が現れるかもしれない。だが怖さで足を止めることもまた出来なかったのだ」

その時の感情が甦ってきたのだろうか。三岳は両腕を抱えて、嗚咽のように息を吸う。

「あれは福良から西鹽田へと下りていった時だった」

西鹽田《しおた》は、文字通り塩の田が由来の地名だ。鹽田川を埋め立て、田に海水が遡上しないように設けた水門（井樋《いび》）も多い。そのため暗渠《あんきよ》も多く、路地は狭隘《きようあい》な道が多かった。福良天満宮、その境内を抜けて、参道の坂を下った時だという。

「そこでわしは、遠目に片切《かたぎり》さんを見たんだ」

熙は顔を上げた。

剣豪――片切八三郎《はっさぶろう》。

「片切さんは一人でも多くの隊士や警視隊を遁《のが》さんと、殿の二番隊とともに戦っていたそうだ」

土橋の戦いで足に銃創を負いながらも、殿軍の戦力に加勢していた。そのまま福良天満宮から西鹽田を通って、城へ、もしくは二王座の屋敷へと戻ろうとしていたのだろうか。

どちらももう目と鼻の先の距離しかなかった。

――そこを薩兵に囲まれたという。

雨の中、前方に三人、後方に二人。家の屋根が迫《せ》り出した狭隘な道で、剣の動きは極端に制限された。

その状態では真っ向から振り下ろすことしか出来ない。太刀筋は容易に読まれる。前方の一人を斬り、返す刀で後方の一人を倒し、再びその剣先を構えようとした時に、背後の一人が襲い掛かった。

脊髄を斬られた八三郎は仰《の》け反った。そこを前方からの衝撃が襲う。

彼は刀を握り締めた状態で倒れたという。

「わしは……助けにさえ入れなんだ……！」

鬼気迫る討ち合い、屋根の迫った雨の路地に、飛び込んでも何も出来なかっただろう。

三岳はただその最期を、物陰から隠れ見るしかなかったが、薩兵が退いていった後、遠目に人影を見たという。

雨の中、棒立ちになっている二人の隊士の姿だった。

「おそらく、片切さんの最期を、彼らも見たのかもしれない」

それは林《はやし》七五三《しめ》、高橋友衛《たかはしともえ》だ。

「……林殿らは」

三岳は瞑目する。

「後で聞いた。林殿は洲崎にて、高橋殿は洲崎の海中にて、それぞれ立派に自刃したと」

どちらもまだ自分と同じ十七だ。思わず呻いた。

「わしは……わしは何も為《な》しておらん……！」

ふり絞るような声が聞こえた。三岳だ。

「誰かを助けることも、雄々しく戦うことも、薩兵を退けることも、自刃する覚悟さえも！」

三岳は肩を震わせる。

「逃げた者たちもおる。だがわしにはその気持ちのほうがわかる。怖いのだ……今ここにおるのは、醜聞や謗《そし》りを受けぬための保身でしかない。わしらはスーボンコじゃ。役に《やきい》立たん。形ばかりじゃ」

スーボンコとはこの土地では、選別の際弾かれる稲穂の籾《もみ》を指す。

「お主は壱六助を助けた。聞けば浅間艦への伝令を務め、今も虜囚となりながら立派に帰還した。お主はなぜそれほどに勇猛か。なぜそれほどの働きが出来たのだ？」

同じ土地で育った同輩で、どうしてここまで違う！　と三岳は血を吐くように嗄《か》らした声で問う。

「わしは卑怯《ひきょう》だ。ただの臆病者だ。それが己でようわかった」

熙は震える三岳の腕を掴んだ。

「それは違う」

怖くないはずがない。人を殺すということ、人に殺されるということ。

——怖いという感情を否定したくなかった。

「怖気づかぬわけがなかろう。俺たちは戦ったこともなければ、会敵した経験もないのだぞ。侍、士分は過去の話、戦のない、新しき未来を生きるために刀も持たずに育ってきたのだ、恐怖するのは当然だ！」

ごろん、と向こうを向いた首。一瞬で命を奪った己の手。

「俺だって恐怖した。逃げたいと思った。人を……殺したくなんかなかった！」

だがこの手は確かに命を奪った。殺されないために殺した。熈は三岳の腕を放す。力を入れたせいか、関節が強張《こわば》っている。小刻みに手が震えていた。

「怖気づくのも、人を殺して苦しむのも……まっとうだと言われたわ」

なぜか重藤の言葉を思い出した。

「どれほどつらくても、その苦しみにしがみつけと。今、俺たちが苦悩し、辛いのはまっとうな証拠だと。苦しみを手放したまま日常には戻れぬ。俺たちは臼杵での暮らしを守るために戦っておるのだと、な」

暮らし、と三岳が呟く。

「この手は戦のない、人を殺さずに生きていけるようにする未来を作るためのものだ。そのために我らは恐怖し、怯えながらもここに生かされているのだ。そうではないか?」

誰かに生きてほしいと、一人でも助かってほしいと願って、たくさんの隊士が散った。彼らは人を殺すのが当然の未来などを、決して望んでいなかったはずだ。

——殺さずに、殺されずに済む未来のために、暮らしを守るために戦っているのに。

「……なのに、自刃など」

林は聡明な男だった。寡黙であったが、高橋も同じだった。

視界が歪《ゆが》む。

「なぜ自刃などした……なぜ生きなかった！」

悔しいと思った。心底、悔しいと。

生き延びることを恥だと思ってほしくはなかった。どんな形にせよ、生きていてほしかった。

「生きたくても、生かしたくてもそう出来なかった者たちだっているのだぞ」

——智宣、牧田の顔が浮かんでは消える。

「正義だとか大義だとか、難しいことは後で考えれば良い。今、我らに出来ることは生き延びることだ。我らが生きて、ここで穏やかに暮らす日々を取り戻すことが、勝つということではないのか」

何のために戦ったのだ、と声が震えた。

「壱六助にも、俺は同じことを言うぞ。恥じ入ることなど何もない。生き延びたことにこそ胸を張れと」

驚いたままの顔で、三岳は熙を見返している。

これは一時の慰めでしかないのかもしれない。三岳に話しているようで、その実、自分に言い聞かせているのかもしれない。

それでも牧田らが託してくれた命は、臼杵で暮らす穏やかな日々のためのはず。智宣が生きたかった未来は、人を殺し合う日々ではなかったはず。

この土地で暮らす日々を取り戻すために、死ぬという選択は最も悪手なのだと——。

目の前の三岳には、伝わっているだろうか。

彼の目尻に溜まっていたものが落ちた。

ややあってから、三岳は乱暴に袖で顔をこすった。

おう、と小さく呟いて、赤い目を隠すように横を向いた。

「それにしても……壱六助は、遅いのう」

※※※

「気がつきましたか」

三岳と話した後で、熙は再び寝てしまったらしい。起きた時は、硲もちょうど戻ってきたところだった。入れ違いに三岳が熙を硲に託して出て行く。土蔵にはもう熙と硲以外いないようだった。

「またな、赤嶺」

壱六助が、入り口に立ったまま背中でそう言った。なんだいたのか、と熙は呟き、おう、と寝ぼけた声で応えた。三岳はさらに外で壱六助を振り返り、もの言いたげな笑みを浮かべている。

「体調はどうですか」

答える前に腹から大きな音が鳴った。硲は少し笑んだようだった。

「問題はないようですね。腹ごしらえをしましょうか」

硲が鍋を持ち上げる。くたくたに煮込んだ野菜とともにたくさんの鶏肉が入っていた。

「どこからこの肉を」

「強奪したように見えますか」

とんでもないと首を振ると、小さく笑ったようだった。硲のこのような表情を見るのは珍しく、熙はしばしぽかんと口を開けて眺めてしまった。

硲は鍋を置くと、椀を二つ出した。

「兵糧は金を出して贖《あがな》うのが鉄則です。近くの農家で一羽潰してもらいました。半分いただいてきたんですが、思ったより量がありまして」

一緒に食べましょう、と椀に注いでくれた。

「蕎麦《そば》の実も分けてもらえたので一緒に煮込んでもらいましたよ。良い出汁《だし》が出ています。臼杵は野菜も鶏も美味い」

ぷちぷちとした蕎麦の実の食感が美味い。二人で汗を搔きながらあっという間に平らげた。

「さて、そろそろここを引き払います」

裕の言葉に、熙は覚悟を決めて頷いた。

六月八日。未明に左翼先鋒が白木峠を越え、鎮台兵と合流している。そのまま江無田《えむた》の薩軍を攻撃する手筈だという。

「奇兵隊の応援もあったと聞きましたが」

和弥はそんなことを言っていた。裕は頷く。

「四日頃でしたか、重岡方面の奇兵隊数百が合流したことは押さえています」

だが、日進《にっしん》・浅間による艦砲砲撃は激しさを増し、薩軍を苦しめ続けている。

臼杵奪還作戦の発動はそろそろ薩軍にも届いている頃合いだろう。熙はここを引き払い、町中に潜み、可能な限り情報を集めて裕に渡すのが任務となる。

どんなことでもいい、と裕は言っていた。

「赤嶺さんは鼻が利く」

何の気なしに、食事の合間に裕に話したのは――浅間艦に乗船する前に立ち寄った漁師・吾平の家でのことだった。気になっていたのは昼に船を借りに来た者たちがいる、という言葉である。

「船を借りに来たというのが誰かはわからないまでも、二十六日の佐伯湾の一件を思い出しました。――薩軍は諦めてはおらなんだのではないか、と思いまして」

佐伯湾での行動も、あわよくば浅間を乗っ取るためのものだとしたら――以降、船の徴発などがあったかもしれない、と口にした。

硲は椀を置いてじっと熙の話を聞いていた。鼻が利く、とはその直後の言葉である。

「五日くらいから頻々と薩軍が漁船をかき集めているという情報が上がってきておりました。赤嶺さんほどではないが、やはり嗅覚の鋭い臼杵隊士の方がそれを察して大分縣廳へと注進にあがったようです。海上警備を強化するように、と」

「やはり」

あれは薩軍の徴発、その手始めだったのだろう。

「赤嶺さんがたぶん一番早くに嗅ぎ付けたんでしょう。情報に鼻が利くというのはありがたい。ここを引き払った後は町内に潜んでもらおうと思っておりましたが、気が変わりました。歩いてその目で情報を集めてください」

硲は熙に手拭を渡した。

「あなたは士分であると背恰好から知れてしまう。出来るだけ猫背で、頬かむりをして、俯いて歩いてください。畳屋町はなおのこと避けてくださいね」

顔が知られている。くれぐれも危険は冒さないように、と念を押された。

「本調子じゃないですから、自重しますよ」

「最近、町家に辻斬りが出るそうですよ。そちらも気をつけてください」

「辻斬り?」

町人も殺されているらしいです、と硲は言う。

「もちろん、同じ辻斬りの仕業かどうかはわかりませんし、私もそう都合よく助けに入れるとは限りません。町はさらに物騒になっていると思ってください。とはいえ、薩軍は官軍先鋒に不意を突かれたことがわかり、浮足立つ頃合い、今なら隙も出来るでしょう。探偵もしやすくなるかと」

熙は目を伏せる。

和弥と話すことは出来るだろうか——。

本営には近づいてはいけませんよ、と見透かしたように硲が釘《くぎ》を刺した。

「什長殿の目撃情報はまだ入っておりませんが、処刑されたとも捕虜になったとの情報もまたありません。きっとまたお目にかかれるはずです。本人から真相をお聞きなさい」

硲は外に出ながら肩越しに熙を振り返る。

「私見ですが——あの人は、あなたに見えた通りの人だと思っています」

※※※

籠には青梅のものと、茗荷《みようが》のものがあった。明らかに軽いのは後者である。

「験を担ぐわけじゃないですが、あなたはこちらを。命冥加《いのちみようが》というでしょう」

渡されたのは茗荷のほうだった。命冥加とは神仏の加護を言う言葉だっただろうか。

さらには軍資金まで渡されたのには驚いてしまった。

「硲さん、本当に何と御礼を言ってよいか」

なんの、と硲は小さく笑った。

「大事の前の小事、金で解決出来ることは多々あります。使ってください。あなたがたお若い方は、ここから国を、町を背負っていくのでしょう。こんな戦ごときにひるんではなりません」

『おまえのような者がこそ、この地を担っていかねばならん』

牧田の言葉が甦る。

硲は笑みを消した。

「山場はおそらく今日ではない。明日、もしくは明後日。状況次第では膠着《こうちゃく》もあり得ます。今日は打ち合わせの通り、夜半に住吉神社の境内で」

頷いて二手に分かれた。薩軍と思しき人影には顔を下げてやり過ごし、通りでは邪魔にならぬよう端を歩く。人通りはまばらだった。

町々を歩き回り、異変を探す。薩軍にはまだ緊張の色は見えなかった。

だが――熙は手拭で鼻を覆う。

この死臭はなんだ。町のあちこちに埋葬を許されない警視隊の死体が転がっている。刀が突き立ったままのものもある。肉塊と化したものも。先日見た時よりさらに惨《むご》い有様だ。虫の多さと臭気に辟《へき》易《えき》した。

本営の畳屋町には近づかないように気をつけながら、熙は黙々と周辺を回り続けた。

※※※

一日目の夜半――住吉神社の境内には硲がいた。
松島の中に立つ神社である。鬱蒼と茂った木陰で硲の影だけしか認識出来ない。

「収穫はありませんでした」

熙は頭を下げる。せっかく鼻が利くと言ってもらえたものを。微笑んだらしい気配が伝わる。

「探偵仕事は長期戦です。すぐに結果が出るものではありません。それより、左翼先鋒が江無田で薩軍の抵抗に遭ったそうです」

警視三番小隊は膠着したままだそうだ。

「明日の満潮は午前五時ですか」

硲が含みのある言い方をした。

住吉神社の前は海である。夜の海特有の大きな潮騒が聞こえている。腥《なまぐさ》い風が吹いている。

「たくさんの警視隊の死体が、ここから投げ入れられたと聞きました」

熙は影にしか見えない硲に訊く。

「もしかして……明日、艦砲射撃をなさいますか」

「なぜ」

「あれだけの艦を進ませるには満潮時が適切です。艦砲のみではなく、陸からも同時に攻勢に出るのであれば……」

硲は頷いた。

「赤嶺さんは嗅覚だけではありませんね。『先読み』が出来るようだ」

「『先読み』?」

「情報を分析して先を読んでいく力です。あなたが思っている以上に、これは大きな武器ですよ」

似たようなことを牧田に言われたことをぼんやりと思い出した。もうかなり昔のことのようだが、まだ二週間も経っていない。

「おっしゃる通り、水陸両面から薩軍を叩きます。明日はおそらく残った町民も逃げ出すほどの戦いになろうかと」

熙は頷いた。目の前で戦端が開かれれば町民も避難することになる。その前に避難を呼びかけねばならないだろう。

「硲さんは重藤さんを見かけましたか?」

硲は首を振っているらしい。小さくため息を吐いた。

「明日はお互い降りかかる火の粉に気をつけて探偵を続けましょう」

神社の庇《ひさし》を借りた。熙はこの日初めて野宿を体験した。

あの蒲団部屋よりははるかに寝やすかった。

※※※

未明に硲と別れ、朝方の澄んだ空気の中、再び町家を歩いている時だった。

早朝だから、ではない。昨日から薩兵が明らかに少なくなっている。鎮台・警視隊の攻撃の激しさが増していると考えていいだろう。

この季節、物売りは夜明けとともに町に出る。五時前、空は既に明るい。

「茗荷~、えー、茗荷ぁ要らんかねぇ~」

次の瞬間、がっと腕を摑まれた。

「見つけたど、茗荷売り……もとい、臼杵隊の兄《にせ》どんよ」

絶句する。そこにいたのは、硲が叩きのめした薩摩の二人だった。

「今度は逃がさんど、来《け》い!」

籠を蹴られ、殴られついでに手拭を取られる。

「抵抗すんなよ、ここでぶっ殺したかったどん、こうなってはもうどうしようもないだろう。お前《わい》に会いたかちお人がおいやってな。……ったくこんな時に見つかっち」

思わず顔を上げた。

「来《け》っい!」

腕を取られたまま、連行される。

殴られた頬がみるみる腫れていくのがわかる。再び捕まるとは情けないが、考えなおした。

今度こそ――和弥に問いただせるだろうか。

5

連れて行かれた先、なぜか煕は庭に通された。低い生垣、その向こうは堀だ。人目につく恐れもない。なぜか足元に菰がかぶせられた大きなものがあった。

「いつぞやの隊士じゃっどな」

現れたのは佐尾史利――和弥の兄である。目に険が浮いている。近習《きんじゅ》は二人だけ、これまでになく警備が手薄い。

「まんまと逃げらるっとはこちらの落ち度じゃっどん、思っちょった通り姿を現したな」

声に抑えきれない怒りがにじんでいた。

「こん辺りで薩摩兵士の惨殺死体が相次いだ。お前《わい》がおらんごなってからさらに増えちょったど!

お前達《わいたつ》の仕業やろ！」

辻斬りが横行しているという噂を思い出した。

「先日も申したが、俺は潔白だ。和弥殿を呼んでくれ。和弥殿なら俺がその辻斬りと無関係だと知ってるはずだ！」

「白々しくそげんこっが言いゆんな」

佐尾史利は縁から裸足《はだし》のまま下りてきた。勢いよく菰をめくる。

「和弥は昨日斬られて死んだ！　お前《わい》が殺したんじゃなければ、誰が殺すっか！」

我が目を疑った。そこに横たわった青白い人は、紛れもなく佐尾和弥である。

「こいは戦闘員じゃなか……まだ十五でしかなかとに」

言葉が出ない。着物がはだけていないから、重藤が縫合した痕は見えない。それでも綺麗な死体に見える。

「き、聞かせてください。和弥殿は、やはり背中を袈裟懸けに？」

史利が煕の髪の毛を摑んで立たせた。

「確《しか》と見んか！」

死体の脇まで引きずられ、眼前に近づけさせられる。その衝撃で、和弥の首が動いた。

ころりと転げる——体から離れて。

直後、両手が震えた。瘧《おこり》のように急に震え出した。

どうしても想起させる。

——己の手が奪った命を。

「一刀のもとに首を落とされた！　どげん考《かんげ》てん意趣返しじゃろが！」

激昂した声も届かないほどの衝撃だった。

たしかにこれは、橋のたもとでの、警視隊の処刑を彷彿《ほうふつ》とさせてしまう。意趣返しだと思われても不思議はない。

「同じ目には遭わせんぞ……お前《わい》は膾《なます》じゃ。生きたまま皮を剝いで、骨を削ぎくるっで。支解してやっ、おのが腸《はらわた》を食わせてやっ！」

縛り上げろ！　と史利が命令した時だった。

大きな音を立てて爆発音が上がる。

「何事《なにごつ》か！」

「か、艦砲射撃です！　湾内に艦二隻！」

史利は激した表情を改めた。

「すぐに退避せよ」

「佐尾隊長！　攻められちょる水ヶ城《みずがじょう》隊から援軍要請が！」

こいつを殺す猶予はあると思ったが、と史利は顔を歪める。ここの警備が手薄だと感じたのは間違いではなかったのだろう。

「待て、臼杵川に二艦出るちいうことは」

佐尾史利の顔が蒼白になった。

「ここは長く攻撃されんど！　奴達《あいたつ》の狙いは西の水ヶ城じゃ！」

別人のような機敏な判断で史利は指示を飛ばす。

「編隊急げ！　打って出っど！」

「隊長、こいはどげんしもんそ」

狼狽《ろうばい》した様子の薩摩兵に、史利は静かな視線を向けた。

「俺《おい》が戻るまで殺すな。俺が膾んごと嬲《なぶ》り殺すまでは生かしておきゃい」

了解しました、と二人が頷く。

「出っど」

史利は和弥の遺体を一顧だにせず、そのまま屋敷を出て行くようだった。

熙は和弥の傍に跪《ひざまず》いた。

「和弥、殿」

優しい少年だった。あの頑固な兄を説得するのは骨が折れただろうことは、熙とてわかる。それでも説得を諦めなかったのだろう。

——探してくれていたのだろうか。

生きてくれとの声が思い出され、胸が詰まった。

ほら立て！　と背中を蹴られたが、熙は薩摩兵を睨み返した。

「お、なんやこんわろは」

「和弥殿をこのままにするな」

彼らは鼻白んだようだった。

「……お前《わい》に何が」

「敬意を払え。和弥殿は立派な人だった」

誰より、先が見えていた少年だった。生きていれば、薩兵の幾人かの目を覚まさせたかもしれない。長じて後は、この国の礎とも成ったかもしれない。

絶望とは、命を——未来を摘むことだ。

「賢《さか》しらに悲しんじょっ真似をするな」

男の一人が熙を足蹴にする。

「直接手を下したのがお前《わい》でなくても、お前《わい》らの仲間が殺しんじゃろが！」

違う、と否定してももはや無駄だろう。遺体の傍で蹴られ続け、蹲《うずくま》った。瞼に嫌な痛みがして、肋骨が軋《きし》んだ。何かを吐いた。

だが、唐突にそれが止《や》む。

「だ、誰《だい》やお前《わい》は」

何者かが熙の縛めを断ち切った。こちらに背を向けて立つ。

――逆光に見えるは背の高い影。硲だろうか。

「賊じゃど！　警視隊だ！　追え！　殺せ！」

薩兵が刀を抜いた。熙は顔を蹴られ、瞼が腫れている。痛みで上手く目が開かない中、必死で目を凝らした。

男は斬り結びながら、彼らとともに視界から消えた。熙は一人取り残される。もちろん、この隙に脱出出来るのだが。

「……まさか」

ふと和弥を振り返る。

その白い顔に、苦悶は見いだせなかった。

五章　奪還・真相　臼杵／六月　久住／六月十八日

1

助けに来てくれた警視隊が誰なのかわからぬまま、それでも煕《ひろむ》はその場を逃げることを優先した。

艦砲射撃の音が遠のく。孟春と浅間の二艦がそのまま水ヶ城援護のために艦砲射撃をし続けたことを知ったのは後からだったが、この時、畳屋町の薩軍本営は確かに手薄ではあった。三度、艦砲射撃の対象とならぬよう、拠点を分散していたと思われる。

佐尾史利《さおふみとし》が、屋敷を私《わたくし》に利用することが出来たのもそのためだろう。まして裏庭なら、侵入の心配もない。しかも限られた人数しかいなかった。

とはいえ、この中に飛び込んで煕を助けるなど、危ない賭けでしかなかったはずだ。

煕は通りの陰に隠れた。息を整えつつ様子をうかがったが追っ手はかかっていないようだ。

ずるずると家の壁を背にして座り込んだ。

「あれは重藤《じゅうとう》、さんなのか？」

あの後ろ姿だけでは瞭然としない。いずれにせよ助けに来てくれたのだと理解はしたが、ならばどうして姿を晦《くら》ましているのかの疑問は解決しない。

彼はなぜ堂々と現れてくれないのか。なぜ一言も声を掛けてはくれないのか。

――後ろ暗いことでもあるのか。

硲《はざま》も、佐尾史利も「辻斬り」が横行していると言っていた。

警視隊にとって、薩軍は当然敵である。放置され、腐乱し始めてなお弔いすら許されない朋輩《ほうばい》の遺体、辱められたそれらを見て報復を誓った警視隊も多かったろう。その中の誰かが、恨みから薩軍を殺していたというのはあり得る話だ。

だが――辻斬り。

違和感が残る。

警視隊の誰かが薩軍を殺害して回っているのは間違いないと思われる。だがその誰かは、町家の者らもまた、殺しているというのか。

和弥《かずみ》を殺したのは誰か――芳三郎《よしさぶろう》を襲ったのが警視隊だとこれは和弥が証言している。また智宣《とものぶ》を殺したのも、薩兵ではない。

和弥を庇っていたことも手伝って、芳三郎は薩兵に間違われた可能性はあるだろう。だが智宣は間違いようがなかったはずだ。臼杵隊の白襷を着けていたのだから。

芳三郎も智宣もどちらも背中を袈裟懸けにされている。犯人はおそらく警視隊であることで両人を油断させたに違いない。和弥は首を一刀で落とされているが、これは犯人を既に見ていたからではないか。背を見せる隙が和弥にあったとは思えない。

もちろん複数犯の可能性は否定出来ない。だが煕はどうしても――同一犯ではないかという疑念を拭いきれない。

『違……顔……視た……じゅう』

智宣の残した言葉。

──「じゅう」とは、重藤のことなのか。

重藤が犯人だとするなら、煕を殺す機会は何度もあった。またさきほどの救援が重藤だとするならば、なぜ助けた。自分の手で殺すのが目的だからか。

煕は首を振る。すべて推測に過ぎない。なにより顔を見ていない。

そもそも背後を振り返らず、声も発しない救援が重藤だったと断言は出来ない。

それに。

「和弥殿……」

首を刎ねられた遺体を思い返す。無念という思いと、なぜ和弥を、という思いが交錯する。

「赤嶺《あかみね》さん！」

こんなところにいた、と駆け寄ってくる人にぼんやり顔を向けた。硲だ。

「どうしたんです、その顔」

蹴られ踏まれた顔が腫れているのだろう。問題ない、と首を振った。

「それより硲さん、なんでここに」

「状況が動きました」

孟春、浅間の二艦による艦砲射撃が再開したそうだ。同時に中央四番小隊の猛攻を、薩軍は水ヶ城で必死に食い止めているとのことだった。

「左翼の三番小隊も諏訪山《すわやま》、十四連隊と合流し、江無田の奇兵隊と会敵しました。抵抗が頑強でまだ陥落せていないとのことですが」

地面に陣形を描きながら硲の言葉を反芻する。

「次は市濱か……」

呟いた熙に硲は驚いたように訊ねる。

「なぜそう思われました」

熙は地面の陣形を指さした。

「艦砲射撃と中央四番小隊の攻撃如何ではありますが、水ヶ城を陥落したなら、薩軍は退却せざるを得ないでしょう。どこへか……臼杵川を渡れば天満宮があります。ここを塁とすれば、川があるので追撃隊への抵抗にも有利です。なら市濱が主戦場になるのでは」

「諏訪山へ合流するとは？」

「もちろん、薩軍が苦戦している諏訪山へ応援を差し向けないとも限りませんが、策もなく人員を送り込むだけではみすみす艦砲射撃の餌食になるだけです。それよりは散らばった主力を天満宮に集中させたほうがいい。中央四番小隊を片づけてから援軍を差し向けるのが現実的でしょう」

硲は頷く。

「良い読みですね。私もそう考えます。水陸両方からの攻撃を持ちこたえられるものじゃない。諏訪山が鍵です。陥落せばこちらの左翼三番小隊も臼杵川北岸に進出が可能になる」

「………硲さん」

熙は顔を上げる。

「中央四番小隊、左翼三番小隊の位置は承知しました。……右翼はどこですか」

硲はにやりと笑う。

「右翼六番小隊はまだ戦闘には参加していません」

左翼三番小隊が進撃を開始した諏訪山攻撃は六月八日。中央四番小隊も同日、鎮台兵と並木峠にて合流、吉野峠を経て水ヶ城、江無田の薩軍に襲い掛かった。

そして本日九日午前五時、艦砲射撃とともに再び攻撃を開始している。

その間、右翼六番小隊が漫然と動かずにいたはずもない。

熙はしばし黙考してから、口を開いた。

「……衝背ですか」

硲が大きく頷いた。

「姫岳《ひめだけ》から鎮南山《ちんなんざん》へ回り陣山からの衝背を狙います。臼杵川を挟んで市濱が主戦場になるなら薩軍の目は西に集中しているはず。東からの攻撃は有効打になるでしょう」

「包囲戦ですね」

「退路がなくなれば敵も焦ります。浮足立ってくれればこちらのもの」

図らずも、最初に仕掛けてきた薩兵の衝背攻撃の意趣返しともなっている。

硲は破顔した。

「本当によく物が見えている人だ」

違います、と熙は首を振る。

硲は最初から「左翼」「中央」と言っていた。手がかりを与えてもらわねば、推測すら出来なかっただろう。

同時にこれにはかなりの兵が投入されていることを意味する。

「もっとも薩兵も退路は確保したいでしょうから、ここから死に物狂いで動くでしょうし、完全に叩けるとはこちらも思ってはいないので」

「残っている町家の人間に避難を呼びかけますか」

手分けして回りましょう、と硲もすぐに同意した。

「薩軍は既に町家の本営を捨てて自軍に参入していますから、残っている者は少ないでしょう。私たちは動きやすくなっているはずです。うっかり町の人たちを人質にされるわけにもいきませんし、町中での交戦を告げれば危機感を煽《あお》れる。一時的に山にでも遁れてもらうことも出来るでしょう」

今ならば町に留まっている者もそれほど多くはないはずだ。

「今のうちに行きましょう。まずは畳屋町の人たちから」

言いながら二手に分かれようとした時だった。

「硲さん、待ってください」

通りに置き去りにされている警視隊の遺体が、ふと煕の目に留まった。なぜなのかはわからない。新しい遺体のようだった。首はない。嫌と言うほど見てきた遺体と何ら変わらないように思えたが、違和感の理由に思い当たった。

この遺体は鹵獲されていない。腰の得物もついたままだ。死んでそれほど間がないのか。

――それにしては妙に膨らんでいる気もするが。

煕は近づいてみる。

「この遺体がどうかしましたか」

硲が怪訝そうに近寄ってくる。煕は思わず声を上げた。

「硲さん、この人、重藤さんじゃ……！」

「なんですって」

「これ、俺がつけた汚れなんです！」

袖口の黄線上についた、何かを拭ったような黒い線。これは重藤の丸薬を触った煕の指の跡だ。

硲は膝をついて遺体の上着の内側を探る。手帳が出てきた。持ち主の名前が記されているはずだ。

『重藤脩祐《ながよし》』

硲はすぐさま上着をはだけて、指で膚《はだ》を押しはじめた。心臓の上に貫かれた刀創がある。血はそれほど出ていないようだった。

「死後半日は経っていますね……」

「そんな……だってつい最前に」

つい三十分ほど前に助けに入ってくれた彼は——重藤ではなかったというのか。

「そうですか。重藤さん、ついに」

硲はそう小さく呟いて瞑目する。

「上官に報告しなければ。この持ち物は持って行きます」

「あ、ちょっと待ってください」

確か上着の内側に、重藤は大事そうにあの姫葫蘆をしまっていたはずだ。だがなんど探っても、洋袴のポケットを漁《あさ》っても、どこからも姫葫蘆は出てこなかった。

「探し物ですか。なんです?」

「……あ、いえ」

武器や財布などが遺されていて、あの姫葫蘆が見つからないというのも妙だと思ったが、煕は敢えて首を振った。本人が既にどこかで落としたのかもしれない。

上着が目に入る。大して汚れてもいない。それになぜか違和感があったがそれが何なのか、突き止めることは出来なかった。

「気持ちはわかりますが、もう行きましょう」

後ろ髪を引かれる思いで煕も立ち上がる。

「薩軍を追い出した後に埋葬しに参ります。それより私たちは急がねば」

硲は驚くほどあっさりとそう言った。

振り返り、振り返りしながら煕は彼の後に続く。

重藤は殺されたのか。誰に。

辻斬りは本当に彼の仕業だったのか――。

※※※

残っていた町家の人たちに声を掛け続け、気づけば夜になっていた。その頃には戦闘は誰の目にも明らかなほど、苛烈さを増しており、艦砲射撃の音も間断なく続いていた。

「赤嶺さんは大した目を持っている。警視官、いや鎮台でもいい。推挙させていただきたいくらいだ」

硲はどこか嬉しそうだった。

煕は硲と、避難を呼びかけた人たちとともに山へと登っていた。

市濱で交戦していた両軍は、やはり臼杵川を挟んで熾烈《しれつ》な銃撃戦となっていた。拮抗《きっこう》していた両軍に動きがあったのが翌十日の午前五時である。市橋の争奪戦が行われていたちょうどその頃、陣山から右翼が下り、薩軍の背後を取ったのだ。

官軍連合隊の大攻勢である。

別途、津久見の警固屋《けごや》港から海軍の援護砲撃が薩塁を攻めているとの報も入り、臼杵城に追い詰められていた薩軍は一気に浮足立った。

午前七時、薩軍はついに敗走を始めた。平清水《ひらそうず》をはじめとする町家に火を放ち、そのまま津久見方面へと消えていく黒いうねりが、やがて見えなくなった。

その後、津久見の海岸で、再び浅間の砲撃に晒され、離散したという。

避難していた町衆からの、歓声とも怒号ともつかない声が溢れている。

「消火を手伝いに行きましょう」

火は畳屋町にも及んでいる。熙は重藤の遺体の損傷が気がかりだった。

「赤嶺さん」

硲が熙を呼び止めた。

「私はここで。上官への報告と、今後の伝令がありますので」

「そう、ですか」

思い返せば、重藤と浜辺で別れて以降、硲にはずっと助けられていた気がする。

薩軍の本営からの移送後に助けてもらえなければ、その時点で死んでいたかもしれないのだ。

「いろいろと、本当にいろいろとありがとうございました」

頭を上げてください、と硲が苦笑する。

「警視隊の遺体の回収等についてもすぐに人員を回します。私たちも好きで朋輩の野ざらしを容認していたわけではないですから」

熙は頷いた。遺体を見るたびに彼が悔しそうにしていたことを知っている。

「臼杵を奪還していただき、本当にありがとうございました」

「御礼を言われる筋合いではありません……一度は大敗を喫しております」

硲は町を見下ろした。朝陽に照らされる町に、陽炎《かげろう》のように炎が躍っている。

「武力に対抗しうるのは武力だけだと、結果だけを見たらそうなりましょう。ですが私はそうは思いたくありません。この戦いでも思い知りましたが、やはり情報は戦況を左右します」

硲の言葉には重みがあった。

「そしてその情報を生かすも殺すも分析官次第。隊が死ぬも生きるも、上官の解析能力の有無と判断次第です。あなたの『先読み』は人を助ける。戦況を推測する力もある。有能な参謀官になれるだろう。その力を戦場で発揮しませんか」

意外な誘いだった。力を認めてもらえることも嬉しくないわけではない。

だが煕は首を振った。

「俺も、武力に対抗出来るのが武力だけだとは思いたくありません。大多数の前に少数は負け、武器の前には命さえ容易く蹂躙される。勝ち負けがすべて、力がすべてなのでしょうか。人の命や暮らしが勝ち負けによって左右されていいはずがない」

武力を日々の暮らしの安寧と取り換えるようなことがあっていいはずがない。

「戦をしないための人員になりうる、と言われたら俺はあなたについていったかもしれません。でも戦のための人員であるならば、俺はついていってはいけない」

硲はじっと煕を見ている。

「征韓論は、今まさに臼杵が蹂躙されたようなことを他国にしようとしておるのでしょう。国内でさえこれだけの地獄、況《いわ》んや異国の地に於いてをや、ではありませんか」

「……他国に攻め入られる可能性もないとは言えないでしょう？　今回臼杵が薩軍に攻め入られたように」

熙は首を振る。

「まずもってそのような状況を作らずに済む世の中にせねばならぬのです。力で決着などつけてはいけない。誰にも蹂躙されてはならず、同じように誰の命も蹂躙してはならないのです」

熙は己の手を見る。相変わらず震えてはいるが、少しだけその震えが弱まっている気がした。

「この国の民はそのほとんどが力のない、でもささやかな暮らしを大事にしている人たちです。その人たちが安心して生きていけるようにしなくてはなりません。しかし武力ではない解決方法を探ることは一兵卒では成し得ないことでしょう。だからこそ国を導く方々にはそれを念頭に置いていただきたいのです。少なくとも、俺たちは戦を望んでいたわけではなかった……!」

ただ今の暮らしを守りたいだけだった。智宣がいて、芳三郎がいて。そのうちに職を得たり、子を得たりして緩やかに日々が流れる未来のために。

そのうち和弥のような他の土地の者が訪ねてきてくれて、郷里の酒を酌み交わして夜通し話が出来るような日が訪れるならばどれほど良かったか——。

何が最善だったのか。竹田のように薩軍に下ったほうが良かったのか。

——俺たちはただ、ここで生きたかっただけなのに。

「しかしこのような叛乱を止めることは国をもってしたとて」

「わかっています。止められない場合もありましょう。なればこそ、この惨状を糧にしていただきたいのです」

硲は黙する。熙は眼下を見下ろした。火と煙で焦げていく町を——。

「死に物狂いで戦いました。それで取り戻せたものはなんでしょう」

確かに臼杵は取り戻せたかもしれない。薩軍は町から一掃された。

だが亡くなった者たちは戻ってこない。

「喪ったものがあまりに多すぎます。だから戦そのものを回避することが重要なのです。あなたがたも本来はそうなのでしょう」

「そう、とは?」

「警視官――そもそもポリスとは、人々の暮らしを守るための組織だと聞いています。町に諍《いさか》いがあれば宥め、仲裁し、力で衝突し合うことがないようにする。そのためのお役目なのでは?」

「……そうですね」

おっしゃる通りです、と硲は苦笑した。

「わかりました。あなたを警視官や鎮台に推挙するのは諦めましょう。最後にひとつだけ」

硲は地面に置かれた籠の中から、警視隊の帽子を取り出した。

「人々の暮らしを守るポリスだからこそ、内規は厳格でなくてはならない。……什長殿は決して人の道に外れるような行いをする人ではなかった――それは信じてあげてください」

「硲さん?」

では、と綺麗な敬礼をして、銀線の光る帽子を被った硲は背を向けた。

六月十日の朝陽が昇る――どこかで勝鬨《かちどき》の声がこだましていた。

2

臼杵奪還の報は瞬く間に広まった。凱旋《がいせん》行軍の第二旅団の二大隊、警視徴募隊は歓呼の声で迎えられた。もちろん、嚮導を務めた臼杵隊も同様である。

各方面に避難していた町人らも続々と列を成して戻り始めていた。

だが、町家は広範囲で火事となり、三百三十戸余りが焼失した。薩軍が弔いを禁じた警視隊の遺体をはじめ、海に投棄された腐敗した遺体の処理など、問題は山積していた。焼失した家々の前では、戻ってきた家族らが悲嘆に暮れた。青い空に、瓦礫《がれき》から立ち上る黒煙が、幾条も流れていた。

許嫁である智宣の妹・禎子《ていこ》の家族には、煕が経緯を伝えた。城に在った智宣の遺体は、臼杵隊士の手によって既に瀧山《たきやま》家に運び込まれていた。禎子をはじめとする子らは赤嶺家に置いて、瀧山邸内に赴く内儀には煕が同道した。

遺体はかなりの臭気を放っていたが、心配して様子をうかがいに来た周辺住民の協力もあって、半日で畳まで替えてもらうことが出来た。遺体を見るなり卒倒して気を失っていた内儀は、意識を取り戻すと、瀧山家に戻るつもりだと頭を下げる。彼女を引き留め、しばらくは赤嶺家へ逗留《とうりゅう》してもらうことで同意をとりつけた。

智宣と当主の形見の刀は見つからずに済んだようだった。血で変色した智宣の白襷を返す時はさすがに手が震えたが、禎子は横になりながらも気丈にそれを受け取った。

「荘田《しょうだ》医院、ご覧になって如何ですか」

この日も熱を出していた禎子が床の中からそう訊いた。一見、整った顔立ちでしとやかな振る舞いに騙されがちだが、その実、智宣によく似た気丈者で、大人びた物言いをする。

鉄漿《かね》をつけていない白い歯はまだ若い。

「気づかなかった、生田さんはお帰りだったのだね」

警視隊の負傷官である生田巡査は傷も癒え、臼杵入りした警視徴募隊とともに帰京したらしい。煕が来た時には既に引き払った後だった。

「芳三郎さんは……」

煕は少々逡巡したが、ややあって口を開いた。

「医者が言うには、傷が悪化していると……良い薬があれば良いのだが」

煕はそう言って、ふと重藤のことを思い出した。

「金創膏」

和弥の傷にはよく効いたようだった。こちらも同じく太刀創だ。

あの姫胡蘆《ひめびょうたん》の丸薬ならもしかして――。

「しかし、重藤さんという方は亡くなったのでは？」

「だが俺は首を見ていない」

首を落とされて死んでいた警視隊の遺体だ。上着は間違いなく重藤のもので、持ち物もすべて彼のものだった。死後少なくとも半日以上経っていた。

だが、煕は薩摩の本営で警視隊に助けられた。名乗りもなく上着もなく、もちろん声すら聞いていないが。

「俺は、あの人が重藤さんだったと思う」

禎子は切れ長の目を細める。

「信じられるのですか……辻斬りの犯人かもしれない方を」

煕は言葉に詰まる。たしかに臼杵は奪還されたが、結局のところ、智宣や芳三郎、和弥を手に掛けた仇についてはまだ何もわかっていないままなのだ。

「禎子殿」

煕は枕辺に居住まいを正した。

「俺は、重藤さんを探しに行こうと思う」

「でも切り創《きず》のお薬なら、どこでだって」

いや、と彼女の言葉を遮った。

「効き目があるのを目の当たりにしたのはあの人の薬だけだ。やはり分けてもらいたい」

「……真相を質《ただ》したい、の間違いではありませんの？」

熙は黙った。禎子は笑ったようだった。

「――行ってらっしゃいませ」

「良いのか」

彼女は頷いた。

「このままではいつまで経ってもあなたの戦が終わりになりません。智宣兄さまも安堵なさらないでしょう」

それに、と続けた。

「熙さんのことです、捜す手がかりが既におありになるのではないですか？　闇雲に警視隊の跡を蹤けるというようなことではなく」

もし生きているならば――なぜ彼は警視隊に戻らない。

「生きていると仮定して。出生の秘密を辿っているかもしれないと仮定して。すべてもしかしたらのお話ですけどね」

禎子は微笑んだ。

「でも私はあなたの勘を信じておりますから」

砳には『先読み』と持ち上げられたが、禎子にかかればただの勘でしかない。熙は苦笑した。だが信じてくれる彼女をありがたいとも思った。

「出来るだけ、早く戻る。せめて滋養のあるものを食ってくれ。また痩せている」

口調はしっかりしているが、彼女は一回り以上小さくなっているように見えて仕方なかった。禎子は重たげに体を起こし、不意に熙の手を握った。手と手の間に、上質の布に包まれた硬質なものの気配がする。

「私のことよりご自分のことを。あなた自身の戦始末《いくさじまた》を。屹度《きっと》ご無事でお戻りくださいますように」

彼女の白い顔が、やけに儚げに見えた。

※※※

最初に訪ねたのは芳三郎の父親、長部勝五郎《おさべかつごろう》である。座敷に姿を現した彼は黒羽織、憔悴した面持ちの中にも、毅然とした風格があった。

「熙さんには、本当に世話になりました」

床に頭がつくほどお辞儀をされる。とんでもない、と熙は悔しさを噛みしめた。

「私が至らないばかりに」

彼は無言で首を振る。そのまま、しばらくお互いに言葉を発さなかった。

目の前に置かれた茶から湯気が消えた頃、ようやく勝五郎が顔を上げた。

「ところで私に訊きたいこととは?」

「流れ者の捨て子についてです」

「流れ者?」

勝五郎は眉を上げた。

漁師の吾平《ごへい》は、流れ者が、山から下りてきて捨て子をする場合があると言っていた。その面倒を見ていたのが、勝五郎だとも。

話すと、苦笑が返ってきた。

「大袈裟な。町役《まちやく》に届けただけですよ。乳飲み子を放っておくわけにもいかんでしょうし」

たまにあるんですよ、と彼は息を吐いた。

「ウチにも相談が来たことがありますよ。貰い子をする人はあんまりいなかったけど、ごく稀《まれ》に縁組みしてくれる人もいたりして、その仲介をしたりね」

目の前に出された茶を飲んで舌を湿らせた。

「今から二十四年前の捨て子について、何か記憶はないでしょうか」

「大昔じゃないですか。二十四年前といえば、あたしはまだ十三とか十四とかで……ん、待てよ」

勝五郎は腕を組む。

「あの時はたしかどこかで山津波があったとかなかったとかで、木地師《きじし》や薬売りの連中が慌てて里に下りてきていたっけか。捨て子があったかどうかは覚えていないが」

「木地師？　薬売り？」

木の細工物を拵えたりするんですよ、と勝五郎は部屋を見回したが、あいにくそれらしいものは何もなかった。

「山の炭焼き小屋の辺りに固まって住んでて、たまに使い走りが売りに来ます。薬売りはわかるでしょう？　流しであちこちを旅して回っている者たちです」

細工物、薬――思わずあの姫葫蘆が浮かんだ。

「漁師の吾平が気になることを言っておりまして……その、『化外の杖』なる者たちがいると」

幻の薬を調合する集団だと聞いている。だが口に出したとたん、小さく吹き出された。

「よく覚えておったなあ吾平。いや、話しました話しました。私も祖母《ばあ》さんからの聞きかじりですわ。たぶん作り話でしょう。だって見たことのある者がいないのですから。木地師の連中に訊いたこともありますが、やっぱり皆聞いたこともないと言いますしね」

「作り話、でしたか」

肩を落とした。

「その二十四年前の捨て子は彼らの子だと断定は出来ません。長旅が可能な連中は各村里に昔からの知り合いや縁者がいたりする。彼らが捨てていくというのはよほどのことです。流れ者に見せかけた、町家の捨て子の可能性も高いのではないでしょうか」

熙は礼を言って辞去した。『化外の杖』がほとんど空想に近いものであったことは残念だが、勝五郎の話だけで何かがわかるとは思っていない。

重藤の立場になって考えた時に、彼はここには来ないだろう。

一度帰宅し、母に旅装束を整えてもらった。彼女は表立って反対はしなかったが、かなり心配しているのだろう。終始顔が曇りがちだった。

「薬を手に入れたら戻りますから」

「気をつけて」

そうして家を出たのが六月十二日のことである。

※※※

次に訪れたのは吾平のところだ。

「赤嶺さんじゃないですか」

戸を開けて開口一番に出た言葉がそれだ。熙は思わず笑顔になった。

「覚えてくれていましたか」

「忘れんですよ。浅間で銃を突きつけられたんは一生の語り草っちゃ。俺あんたん良か戦友《つれ》じゃっろ」

入ってください、と歓迎された。女房は相変わらず授乳中で、彼女に背を向けるようにして腰をかけた。

「今日は漁は？」

「沖が時化《しけ》ってるもんで、網の繕いをしてたんですよ」

白湯しかないですが、と出してもらった湯呑の縁《ふち》は欠けている。だがその温かさがありがたかった。

「俺と一緒に来た重藤さんを覚えているか」

吾平はへえ、と怪訝そうな顔で頷いた。

「あの人はあの後ここを訪ねてこなかったか」

いいえと首を振る。そうか、とため息を吐いた時だった。

「でもあの日、俺が船で戻ってきた時にはまだいましたぜ？」

「なんだと？」

驚く煕に吾平は笑う。

「赤嶺さんの首尾を気にしてらしたんでしょう。嬶《かかあ》と赤子の守《もり》の代わりだったのかもしれませんが。嬶も亭主の留守に男を引き込むなんざ」

「あんた」

周囲の空気が凍り付くような声だ。吾平がその声に固まった。

「すまんなぁ、赤嶺さん。もうこっち向いちいいですよ」

気にしていたのがわかっていたらしい。顔を向けると、信《のぶ》は着物を整え、赤子を揺らしていた。

「重藤さんな薩摩ん人を警戒しちょったんよ。非常時やけん許しちくりいっち言うて。あんな男は滅多におらんわ。間男にゃ上等やわ。あたしがお願いしてえくれえやわ」

「お信」

「言われちゃ嫌な冗談なら最初かい水向けにゃよかろうが。だいたいあたしには平太《へいた》がおるけん、他ん男に目え向くこたねえわ」

ねえ平太〜と話しかける信の表情は柔らかい。

「それで、重藤さんとは何か話しましたか？」

話しましたねえ、と信は頷く。

「ここらによく来る山の連中の話なんかを」

思わず快哉を叫びそうになった。

重藤は、やはり自分の出自を気にしていたのだろう。

「彼らは、どの辺りから来るのでしょうか」

「だいたいは日向《ひゅうが》の辺りだと聞いたこともあるが、正確にはわからんねえ。長旅で行商なんざしたこたねえし」

「重藤さんから姫葫蘆の薬籠《やくろう》を見せてもらいましたか?」

「薬籠? いんや」

信も吾平も首を振った。

「薬籠が姫葫蘆か……なんとも雅ですねえ。でもそげな細工をすん連中は見たことねえわ。この辺にはおらんじゃろ」

そうですか、と再び肩を落とす。

「あ、重藤さんではないと思うんだけど……」

ふと信が思い出したように顔を上げた。

「あんた、美代《みよ》さんとこ、こないだ、船を出してほしいっち男が来たっち話。警視隊さんみたいだったって、言ってなかったっけ」

「粂蔵《くめぞう》んとこのか? ああ、船出すとか出さんとかって言いよったよな」

「どこですか?」

三軒先の、と答えが返るのと同時に、熙は吾平のところを飛び出していた。

※※※

船を出してもらったという男の特徴は、重藤のものと似通っていた。

「小金を弾んじくれてね」

粂蔵の女房の美代は赤ら顔をさらに赤くさせた。

「着物？　吊《つ》り洋袴と襯衣《シャツ》だったわ。帽子？　そげなもん被っちゃねえ。上着は着ちょらん。ただ上背もあったし、優しい顔やったねえ」

女性に受けがいい――それだけでも重藤だという確信があった。そう思いたかっただけかもしれない。

彼はこの付近の浜を流してくれと頼んだようだ。四半刻《約三十分》ほど沖から港をぼんやりと眺めていたという。

「何か、話しませんでしたか」

「乗船してる間のことは知らないけど」

戻ってきた後、美代がどこに行くのかと訊ねたら、久住のほうに行ってみたいと言っていたという。

「よくぞ訊ねてくれました」

久住――地名は大きな手がかりだ。美代は口元を隠して笑った。

「いい男ぶりやったからねえ、あの人。うちの宿六とは大違い。会《お》うたらまた遊びにきちくれと言うとってな」

乗船最中のことを訊きたいとは思ったが、美代の背後で目を吊り上げている粂蔵から目を逸らして、伝えますと言うのが精一杯だった。

3

なるほど、と妙《たえ》は汁を啜った。まだ鍋からは湯気が立っている。

穴を掘り、簡易竈《かまど》を作って火を熾《おこ》す。それだけでも流れるように自然で、熙は手伝うことも忘れて作業に見入っていた。

作ってくれた汁ものにはたくさんの野菜と黍《きび》や稗《ひえ》が入っていた。食感は違えど、硲が作ってくれた鶏と蕎麦の実の汁を思い出した。あれは鶏の出汁だったが、こちらは干した茸《きのこ》の出汁だった。仕出し屋でもこれほど滋味深い味は出せないかもしれない。

「久住に入ったのは間違いないというのはそのせいですか。でも追いかけているその人が肝心の重藤さんかどうかは、完全にそうだとは言えないのでしょう」

「ま、間違いないと思いますけど」

そうでしょうか、と妙は熙を見る。

「状況だけを見れば、その美代さんのところに来た人は、ただの洋装の方――まあおおかた警視隊さんではありましょうけど、上着もないのでしたら警視隊なのか鎮台兵なのかすらわからないではないですか」

熙は黙った。上着がないというその一点だけでも間違いないとすら思っていたのに。

「なぜ沖に船を出したのか――その目的もわからないのでしょう？　もしかしたら薩軍の残兵を捜索していた人かもしれない」

反論しようと思ったが、反論出来ないことに気づく。

「これが吾平さんやお信さんなら人物の同定は出来たのでしょうが、美代さんご夫妻しか見ていない方が、重藤さんであるという確証はないのでは？」

「でも特徴が」

妙はさきほど作ったばかりの箸を使い、茸を口に入れる。熙にも作ってくれたが、見事な出来だった。とても炊事の片手間仕事には見えない。

「似顔絵を描くでもなし、寫眞《しゃしん》があるわけでもなし。そしてその頃、臼杵の町には鎮台兵もまだたくさん残っておられたのでしょう」

その通りである。熙は沈黙した。

「重藤さんはあのご遺体の主《ぬし》様で——本当にお亡くなりになっていたのかもしれません。あなたが捜しているのが彼ではないことも考えられる。赤の他人だったとしたらどうするのですか」

言われた言葉は正確に胸を抉った。あまりに的確な指摘だった。

「そうですね……なぜ俺はあの時、重藤さんの顔の特徴を、美代さんたちに確認しなかったのでしょう」

——何が『先読み』の力だ。分析する能力だ。情報に対する嗅覚だ。

もちあげられ、その気になっていただけに過ぎない。たまたま美代に警視隊らしき男がいたといわれ、そう思い込んだだけだ。

羞恥から箸を置いた。顔から火が出そうだ。

「不思議なのですが」

妙は淡々と問う。

「赤嶺さんは何を焦っておられるのでしょう」

「焦る?」

ええ、と彼女は頷く。片付かないから召し上がってください、と急かされて、熙は失《う》せた食欲のまま、機械的に椀の中身を口の中に流し込んだ。さっきまで美味しかったそれは、まったく味のしないものになっている。

妙はてきぱきと片付けを始めた。ろくも飯を貰ってすっかりくつろいでいるようだ。

「赤嶺さんはずっと何かに急かされているようです。一刻も早く重藤さんを見つけたいと。焦っておられるその理由をお聞きしたいと思いますが……今日はだいぶ歩きましたし、明日にしましょうか」

そうですね、と熙は気落ちした声をとりつくろうことも出来なかった。

焦っている理由は言ったはずだと思う。――芳三郎の創《きず》の薬が欲しいと。

これまで話してきた話に、疑念でも持たれたのだろうか。

それよりも――熙は強く瞼を閉じる。

追いかけている男が重藤でないのだとしたら、この旅はまるっきり無意味だ。ただの時間の無駄、徒労でしかない。

重藤が流れ者の捨て子に興味を持つのは当然だと思われた。自分の出生の原点かもしれないのだから。だからその後に来た男は重藤なのだと思わずにいられなかった。沖に出たのだって、おそらく養父母が自身を拾った状況を確認しているのだと、そう信じて疑わなかった。

その思い込みで、鎮台兵による薩軍の敗残兵の捜索などという可能性に目を向けることすらしなかった。そちらのほうが、十分に考えられるというのに。

後悔しても後悔しきれない。がっくりと落ち込んだまま、火の隅で荷の枕に瞼を押し付けた。

――重藤は本当にあの時死んでいたのかもしれない。

目を閉じたまま、熙は口を開いた。

「妙どの……明日、下山してください」

焚火の向こうで、妙が驚いたようだった。

「下山して良いのですか」

「良いのです。臼杵に戻ります」

反芻して思い返せば思い返すほど、妙の言葉が正しいと思える。

この旅はただの徒労だった。時間の無駄だった。ならば一刻も早く戻らねばならない。

「赤嶺さんは、よくも悪くも――まだお若いのですね」

呆れた妙の声が再び突き刺さるようだった。

――思慮が足りないと、笑われたも同然だと思った。

返事もせずに煕は瞼の裏の闇に身を任せた。


そして夢を見た。

※※※

『散切《ざんぎ》り頭でござる!』

幼い日の智宣がいる。まだ暑かったが、夏のそれではなかっただろうと思う。散髪脱刀令の布告で、ほとんどの男子がこの時に髷を切った。それでも年配の者は、そのまま結い続けた者もいたはずだったと記憶している。

髷を切る時、何も感じなかったかと問われれば嘘になる。これまで信じてきた頼るべき何かが、ふっつりと喪われたかのような、寄る辺ない心細さだったろうか。母は目元を押さえていたし、父もまた、目の縁を赤くしていた。

それでも周りは決して絶望してはいなかった。この時はまだ留恵社《りゅうけいしゃ》も出来てはいない。だが、地元では散切り頭の軽さに、何か新しいことが始まる予感に湧いていた。脱刀令はまだ拘束力はなく、腰に差した者たちもいたはずだったが、時とともにそれも消えた。

藩は北海部郡になったり、また臼杵町になったりした。城はなくなり、これまでの決まり事が根こそぎ新しくなっていった。

子どもはまだ柔軟だったかと思う。大変だったのは大人だ。これまでの常識を一変させねばならなかった。それでも彼らはいち早く留恵社を作り、新しく未来を切り開こうとしていた。

『兄上、わしの頭に触ってくだされ』

『兄者、俺も、俺も』

そうか、と智宣と芳三郎のごわごわする頭を、両手で撫でながら熙は思う。

臼杵の地が、薩軍ではなく、官軍側で戦うことを決定づけたもの――。

それは薩軍の齎《もたら》す結末が、士分と町民の明確な分断を企図していたからではないだろうか。

確かに臼杵は小さな町ではあるが、名にし負う大大名、大友宗麟《おおともそうりん》が築城した由緒ある城下町である。幕末においては佐幕でも討幕でもなかった。長らく続いた稲葉の治世においても、一揆らしい一揆もほとんどない。

たしかに武士の尊厳は大きく削られ、傷ついた者たちも多かった。だがここではいち早く留恵社が作られた。

町も人も争わず、かつようやく軌道に乗り始めた矢先の留恵社を含む新事業で、人々の目は、士分町民の別なく、過去ではなく未来へと向いていた。

むしろ旧弊の世には戻させまじという気概もあったのではないか――。

『臼杵《ここ》はな、未来《さき》を見ておる。士分の面目、武士の魂、――喪うものを追うたりせぬ。水が流れる方向が変わるなら、それに沿うように形を変えていく。そのために、どう変われるかを思案して、合議して、どうすれば皆が良くなるかを考える。その気風がある』

牧田がいる。いつぞやの言葉をなぞるように、彼は目を細めた。

『わしらがこの地を死守したいのは、少しでも良き未来《さき》を、子どもたちに渡してやりたいからだの』

牧田の大きな掌が、幼い熙の頭を撫でる。

『赤嶺』

呼ばれて振り向く。白襷姿の二人がそこに立っていた。

「林殿、高橋殿」

二人は悲しい顔をしていた。

「なぜ自刃などなされた。なぜ戻られなかった」

薩兵が追いかけてくるのが見えたからだ、と林が呟く。高橋も首を振っている。

『わしらはこの地を守れなんだ』

「あなた方の咎《とが》ではない！」

熙は今の外見に戻って叫んでいる。

「なぜ戻ってきてくださらなかった。逃げて良かったんだ」

責任感の強い林らが、追い詰められて死を選んだことが、ただ辛かった。

「先を、未来を、俺たちは託されているのに！」

後世にまで続く栄誉、功名。謗《そし》られること、肩身の狭い思いをすること、自分というものを責め続けること——己の道と責任に於いての自刃であったかもしれない。

だがそれは違う、と熙は首を振る。

何が違う、という声がした。

ごろり、と地面に転がった首がこちらを向いた。口の端から血を流した生首だ。

『我らの命を奪った貴様が何を言う』

『貴様の一刀でわしの命は消えたのだ』

顔を縦に割られた名も知らぬ薩兵が、こちらを睨んでたたずんでいる。

声にならない声を発して、熙は蹲る。ぶるぶると両手が震えた。

「許してくだされ、許してくだされ。そうしなければ壱六助《いちろくすけ》が……いや、俺がここには居られなかった」

『ここにいてなんとする。貴様は何のために戦ったのだ』

——何のため。

「臼杵を……取り戻さんがために」

『取り戻せたのですか』

生首はいつの間にか和弥の顔になっている。哀《かな》しそうな表情で熙を見上げる。

「臼杵は……」

自分にとっての臼杵とは——。

息が苦しい。和弥は悲しい顔のまま、暗闇に同化した。残された熙は、白く光る自分の掌を見つめる。

——わしは何も為しておらん。

三岳《みたけ》は自分をそう評した。その言葉は、そのまま今の熙を抉る。

郷里の復興への尽力を放擲《ほうてき》し、いもしない重藤の幻を追ってここまで来た。

——何をすべきだったのか。

『兄上、禎子を頼みましたよ』

智宣が現れる。

『大丈夫です、智さん。我らが兄者は、誰より傑物です』

芳三郎が微笑えむ。

褒めてくれるな、期待してくれるな。

笑い合いながら、身を翻す二人に追いすがろうとして、熙は必死に手を伸ばした。


何も、為していない手を――。

※※※

泣きながら目を覚ました。湧き水で顔を何度も洗ったが、瞼の腫れは隠しようもなかった。

ありがたかったのは、そのことに妙が触れないでいてくれたことだろうか。

「本当に下山してよろしいのですか」

妙の問いに熙は力なく頷いた。

『良い目をしている』と何度も先読みを褒められた。牧田にも、重藤にも、硲にも。

憧れの人たちだった。懐が深く、判断力、行動力ともに傑出していた。

その人たちに伍していけると思えたのは、情報に対して人と違う読み方が出来る、その一点だった。

意識してはいなかったが、おそらく己には自負があったのだ。

自分も、その人たちと同じようにやれているのだと。

――自惚《うぬぼ》れた。

今は自分の浅はかさが恥ずかしくてならない。

妙は無表情に後始末をしている。

「下りは元来た道を通りません。急斜面での滑落は事故の大きな原因ですから。ゆっくりと迂回していきますので、少し時間がかかりますよ」

承服する他ないだろう。本心では一刻も早く帰りたかった。

どれほどの時間を無駄にしたことか。ほとほと自分の所業に愛想が尽きる思いだった。

何気なく顔を向けて、ふと異変に気づいた。

腰を下ろしてろくが身を震わせている。糞をしているらしい、そのろくの脇で、黒いものが動くのが見えた。鎌首を擡《もた》げる姿――それは。

「ろく動くな！」

妙は後始末をしているため、ろくからも距離がある。一番近いのは熙だった。

とっさに体が動く。ろくの前に手を突き出した。一瞬驚いた風を見せたが、それは一気に熙の掌へと嚙みついた。

「赤嶺さん、そのままで」

ろくの吠えたてる声の中、ばん、という音とともにそれが切断される。妙は落ち着いた仕草で熙の小指の下からそれの頭を摑んで外した。

「ヤマカガシですね……深く咬《か》まれましたか?」

咬まれた箇所が既にじんじんと熱を持っている。

「深いかどうかは……」

妙はヤマカガシの口の中を見て、そこから咬痕《かみあと》を測るという。

「袖を捲ってください」

言われた通り、傷口を露わにする。大きな咬痕から血が溢れていた。

「奥歯だと厄介です」

「しかしヤマカガシは無毒では」

ウロ覚えだが、そのくらいはわかっている。マムシのほうが怖いということも。しかし妙は首を振った。

「私の知り合いはヤマカガシに咬まれて亡くなりましたよ」

え、と熙は顔を上げた。

「一般には毒がないと言われているのも知ってはいますが、私はそれを信用してはいません。目の前で見ましたから」

妙は熙の患部の両端を持つと、まるで雑巾を絞るかのように掌を絞り出した。

「い、い、痛い」

思わず上げた悲鳴にも頓着しない。ある程度血を出させると、竹筒をさかさまにした。湧き水を汲んだ水だ。流水をかけ続けた。その後で晒しを裂き、きつく縛り付ける。

「困りましたね……動くと毒が回るかもしれない。今すぐの下山はおすすめ出来ません」

しかも天候も崩れ始めてきていた。湿った風が吹いている。

「少しだけ歩けますか。この先に雨が凌げる大きな木が」

歩けます、と熙は頷いた。くうん、とろくが鳴く。妙の晒しの残りを引っ張っている。

「ろく、そっちでは……」

妙は言いかけ、少し逡巡した様子を見せた。

「どうしたものか」

「俺は早く戻らないとなりません。多少の無理は覚悟のうえで」

わかりました、と言葉が終わらぬうちに妙が頷いた。

「赤嶺さん行きましょう」

動けなくなる前に、という声なき声が聞こえた気がして、慌てて熙は立ち上がり、荷を抱えた。

※※※

しばらく歩いて見えてきたそこは、大きな岩場だった。近くに小さな沢があり、人の何倍もある巨岩が点在し、また入り組んでいる。天気は回復の兆しを見せていない。霧も出てきたかもしれない。掌はもとより、捲り上げた腕全体が熱い。

巨木が倒れ苔《こけ》むしているその向こう——巨石の横穴が開いていた。洞窟のようだ。

「ここでなら雨風を凌げます。……降ってきましたね」

妙が口を開いたと同時に雨が落ちてきた。大粒だ。このまま土砂降りになるかもしれない。慌てて巨木をよじ登り、苔に滑って向こうに下りる。横穴に駆け込むと、既にろくが待機していた。

「……ろくはこの場所を知っていたようですね」

動じることなく馴染んでいる。そうですね、と妙はにべもない。

「火を熾しましょう。赤嶺さんは出来るだけ動かずに安静にしていてください」

すっかり血の巡りが良くなってしまった今の状況を振り返り、熙は苦笑しつつ、だが言われた通りにするほかなかった。

掌の咬傷《こうしょう》は火傷《やけど》でもしたかのように疼《うず》いている。

「これでも食べていてください」

渡されたのは枇杷《びわ》の実だった。橙色《だいだいいろ》の綺麗な大粒が一山分もあった。

「全部は食べないでくださいね。それ、三人分ですから」

三人、と首を傾げた時だった。ろくが吠えた。警戒している声ではない。

「……なんと珍しい客人かな」

光を背にして近寄ってくる。その背の高い影に、熙は大きく目を瞠った。

「まさか」

久しぶり、と彼は目を細める。

――紛れもなく、重藤脩祐その人だった。

4

あまりの衝撃に熙は口を利くことも忘れている。

「なぜ赤嶺がここに?」

重藤には悪びれた口調や屈託は感じられない。目の端で妙がため息を吐いている。

「ヤマカガシに咬まれたのです。ろくを庇って」

なんと、と重藤が背の籠を下ろした。食べ物を調達にでも行っていたのだろうか。

「妙どのは……俺を謀《たばか》っておられたのですか」

「人聞きの悪い物言いです。重藤さんではないかもしれないというのは、あくまで可能性のお話でしたでしょ」

そう言われればそうだ。妙は可能性の話をしただけ、下山を決めたのも煕自身だ。だが。

「それにしても……」

人が悪い、という言葉を呑み込んだ。

重藤のほうも妙に対して初対面ではなさそうなそぶりである。妙は最初から重藤がここにいることを知っていたに違いない。

「まあ、それは甘んじて頂戴するしかない評価ですけれど」

妙は非難をものともしない様子である。下世話に言うなら蛙《かえる》の面《つら》になんとやらだ。

「ひとまず横になって枇杷でも齧《かじ》っておいでなさい。いま、枇杷の葉の膏薬を作りますから」

どれ、俺が剝《む》いてやろう、と重藤が枕辺に座る。煕は思わず胸元を押さえた。じりじりと距離を取る。毒のせいか、息が上がる。

「重藤さん」

ん、と重藤は優しい顔を向ける。

「――智宣を殺しましたか」

妙が動きを止めた。重藤も笑みを消す。

「佐尾和弥の首を落としましたか」

煕は胸から懐剣を引き抜く。

これは、禎子から預かった懐剣だ。

「芳三郎を、後ろから袈裟斬りにしましたか」

二人は黙ってこちらを見ている。

確かに臼杵から薩軍は去った。故郷は再びそこに住む者たちの手に戻った。

戻ったはずなのに――。

「俺にとってこの戦は、臼杵の日々を取り戻すための戦いでした。でもその日常は、もう帰らない」

日常とは人だった。喪いたくない人を喪い、熙の日常は壊された。

剣先を向けた手が震える。

「俺は、この手で二人の薩摩兵の命を奪いました。名前も知らない……顔ももう覚えていない」

殺した者のことを考える時はいつもこの震えが止まらない。

「俺も、彼らの周囲の者の日常を壊したのでしょう」

蹂躙されず、蹂躙してはならない――己の血塗られた手がひどく醜い。

「和弥殿も首を落とされ殺されました」

憔悴するほどに思いつめる熙に、禎子は懐剣を渡してくれた。

確かめてこいと言ってくれた。

「下手人《げしゅにん》は警視隊だった――芳三郎が誰の名前を言ったかわかりますか」

重藤の顔が明るくなった。

「良かった、芳三郎は助かったのだな」

「――あなたに斬られたと言いましたよ」

熙は重藤の目を見て言った。だがそのとたん、重藤は瞑目した。片手で顔を覆う。

「芳三郎は……死んだのだな」

煕は胸元に握っていたものから手を離した。それは袂《たもと》から滑り落ちて、岩の上にぶつかる。硬質な音が谺《こだま》した。

「なぜ……！」

「芳三郎が生きていてくれたら、俺が斬ったのではないと言うはずだ。今わの際に、俺に犯人を追えと言ってくれたのだから。死んでしまったから、赤嶺は彼から何も聞けなかったのだろう？」

では、と妙が眉を寄せた。

「芳三郎さんの刀創の薬をとおっしゃったのは……」

「どうしてですかっ！」

妙の声にかぶさるように、煕はその場に両手を付く。

「なぜあなたが仇じゃないんですか！　あなたを殺せば……あの二人の無念を晴らせるかもしれないと……そう思って」

芳三郎は生きてはいない。煕が駆け付けた時、芳三郎は意識がなかった。法音寺に運んだのは間違いないが、ほどなく亡くなったことを知らされた。

だから――彼の父、勝五郎は芳三郎の死後からずっと喪に服している。

煕が妙に語った話の中で、わざと生きているように話しただけだ。急ぎの薬が必要だという動機があれば、妙は親身になってくれるのではないかと思った。

「俺はいったい何のために戦ったのか……！」

臼杵を取り戻した町には陽が射した。だが振り返れば、そこに守るべき日常は何もなかった。大事な人たちがいない町。自分だけが、まるで何かの罰を受けたかのように、一人そこに取り残されている。

――自分は、いったい何を守るべく戦ったのか。

二人の仇を取りたいと思った。残された使命はもうそれだけだった。

『あなた自身の戦始末《いくさじまた》を』

禎子はそう言ってくれた。熙を送り出さなければ、早晩おかしくなるとわかっていたからだろう。

「なぜ死んだふりをしたんですか」

重藤は答えない。

「なぜ姿を、行方を晦ましたのですか」

沈黙が下りる。熙は上がる息の中で、重藤を睨みつける。

「答えてください。せめて俺が死ぬ前に」

そう激するな、と重藤は息を吐いた。

「毒が廻ってしまう。横になってくれたら、話をしよう」

呼吸が浅いことを自覚した。渋々頷いて、熙は体を横たえる。

重藤が近づいて枕辺に座る気配がした。

※※※

豊後口第二号警視隊は五月十一日、東京にて九州出張を命じられている。先に進発していた綿貫《わたぬき》少警視率いる七百名とは別働隊である。

大分より援軍として第二号警視隊二番小隊を遣わすとの命令が下った。百二十数名で臼杵への加勢を命じられたのだ。大分についても鶴崎襲撃などはあったが、大半が本格的な戦場は初めてである。

人数こそ少数だが、意気軒高のまま到着した。

だが重藤には出張の前から気になる男がいたのだという。

男の名は什長・河根森剛《かわねもりごう》。その名前に熙は聞き覚えがあった。

「そうだ、炊き出しの時に紹介しただろ？　肥えた……」

にこやかな顔。ふっくらした頬の中にうずもれそうな細い目。

重藤はため息を吐いた。

「さすがに戦場で始終張り付いているわけにもいかず、何度も見失ったが」

「……河根森さんが、何だというのです」

重藤は横たわる熙を見下ろす。

「身内ゆえ恥を晒すようなものだが、彼は病を得ていたのだ」

「重篤なようには見えませんでしたが……」

ある意味そうだと彼はため息を吐いた。

「肉体のものではない。心のもので、その病の重さを我々は見誤っていた。智宣、芳三郎、和弥殿……もっと早くに止められなかったことが悔しいばかりだ」

「まさか」

思わず熙は頭を上げる。寝ていろ、と重藤は熙の頭を戻した。

「そのまさかだ。――彼らを手に掛けたのは河根森だ」

※※※

「待て！」

視界に入れた瞬間、前を走っていた男が路地の中に入った。町家の通りは武家屋敷の道とは違い広めだが、路地はさすがに狭い。

「逃げられないぞ、河根森殿」

折よく曲がった先が行き止まりだった。重藤は抜刀する。男は肩で息をしていたが、汗を拭って振り向いた。

「これは重藤什長殿でございましたか。敵が鹵獲した隊服を着て追いかけて来たのかと」

「今更取り繕わなくていい。……なぜこの地の若き者たちまで殺めた」

何のお話でしょう、と彼は眉を顰めた。

「私が殺めたなどとは言いがかりも甚だしい」

「言いがかりではないし、今更隠す必要もない。貴殿の罪状は上も承知している」

鶴崎襲撃直前、重藤は上官に呼び出されていた。

『東京を発って半月以上、管内で頻発していた辻斬りの犯行が止《や》んだ』

その言葉が決定打であった。

辻斬り――まだ光源に乏しい東京では、夜ともなれば鼻をつままれてもわからぬほどの闇がそこここに蟠《わだかま》っていた。本来、夜は往来に人の姿は絶える。とはいえ、遠出で帰りの遅くなったお店の使用人など、意外に提灯《ちょうちん》を提げた者たちがいないこともない。

そんな折、年頭あたりから、流しと思われる辻斬りが出没し始めた。火の用心の見回り衆、屋台の親父、遣いで遅くなった手代と丁稚《でっち》、まだ黄昏時に切り刻まれた町娘と供回りの死骸。主に町衆を狙った犯行が多発していた。

「河根森家は確かに皆口が堅いが、屋敷を辞めた者から話が漏れることもある。邏卒《らそつ》となった三男坊は、幼き頃より、殺生を好んでいたと」

屋敷で飼われていた猫、うろついていた野良犬、トカゲに鯉、金魚……三男坊の周辺には切り刻まれる生き物の死骸が多かったと、かつての三男坊付きの使用人に話を聴けたのは東京を出発する直前だった。

「幼少の頃は誰でも虫や鳥などを弄《いじ》って死なせるもの。重藤殿とてそのような経験がまったくないとはおっしゃいますまい」

「成長するに従い、分別を得ればなくなるものだ。なくならないなら、それは病だ」

その使用人はなぜか府内から遠く離れた街道沿いの茶屋に逼塞していた。聞けば三男坊付きの使用人は皆高額の口止め料とともに東京を追い出されるという。

『坊ちゃんはいずれ人をも殺めますでしょうなぁ』

使用人はどこか他人事《ひとごと》のようにそう言った。訪ねてきた重藤に話すと決めた時点で、既に彼が罪に手を染めているのを承知しているかのようだった。

「証拠は何もありませんでしょう。なぜ私をお疑いになったのか」

「仕立屋だ――常服《じょうふく》を何度も注文しているだろう」

警視官は士族を出自とした者がほとんどだが、ご多分に漏れず内証は様々である。河根森家は藩家老代の祖父、側用人の父を持つ家柄であり、母の生家も豊かな内証を持っていた。

洋装を手掛ける仕立屋はまさしくその母方の縁故であった。

前年の秋、流行り病で身寄りを亡くした若者を手代に引き入れたが、この手代が働き者だった。遠方を厭わず、悪路をものともせず、あちこちに遣いに出るため、頻々《ひんぴん》と姿を見るようになった。主人の供回りを経て、今では単身での遣いもこなす。得意先の顔を覚えることも早く、重宝がられているようだった。

その日は河根森が珍しく腹痛を起こし、厠《かわや》から出てこなかった。故に重藤は濱川《はまかわ》という同輩とともに警視署の中で、訪ねてきた手代から風呂敷包みを受け取ったのだ。

『いつもたくさん注文していただいておりまして』

手代は苦労人らしい、浅黒く焼けた顔で笑って帰っていった。それだけだ。

いつもならもちろん中身を改めたりしない。だが濱川が風呂敷の結び目を蝶番《ちょうつがい》に引っ掛けて解けたので、慌てて結びなおしているところ、彼の手が止まったのだ。

『重藤よ』

なんだ、と重藤は帳面を捲りながら答えた。悪筆の判読に時間がかかっていたのだ。

『たくさん注文していると、あいつは言っていたよな』

そうだな、とあまり気にしなかったが、濱川は風呂敷を重藤の鼻先に持ち上げた。

『常服というのは各々《おのおの》で誂《あつら》えるものなのか?』

ぎょっとして顔を上げた。

常服は通常支給されるもので、金を出して買うものではない。

その仕立屋は官給品を扱う店だった。中を見ればやはり河根森の常服だ。

汚れるのを厭い、あるいは動くのに煩わしいと上着を着ずに内勤する者もいないことはないが、邏卒と名の付く通り、外に行く時は必ず着用を義務付けられている。

『そう何着も必要ではないと思うが』

濱川と顔を見合わせ、重藤は勝手に中身を検分したことは黙っていようと頷いた。

常服をわざわざ何着も誂える意味は何か——濱川と重藤は妙にそれが気になっていた。

河根森に注視するようになったのもここからだ。よく喰いよく喋りよく笑ううえ、人畜無害の人の好《よ》さそうな風貌が幸いし、かつ家柄も良いため人に嫌われることも少ない。ただし、容貌がふくよかなだけで、体つきに無駄な肉はなかった。おっとりした優しい顔に反して、動きは俊敏で、気配を消すことも得意であった。

——なにより、剣術に秀でていた。

相変わらず現場には手がかりもなく、何の確証もなかった。

「重藤殿は無茶な思い込みをなさっておられる。一体何の確証があって」

「二月の初旬に貴殿が手に掛けた播磨屋《はりまや》の手代と丁稚、丁稚のよし吉《きち》は俺の顔なじみだ」

遣いに出て迷子になった丁稚を、佃煮《つくだに》の播磨屋に連れ帰ったことで知り合った。よし吉は、まだ鼻水を垂らした、八つになったばかりの丁稚だった。警邏《けいら》に出て播磨屋の前を通るたびに、よし吉は大きな声で重藤に挨拶をしてくれるようになった。

妻が身ごもっていたのは男子だったという。生まれてこなかった自分の息子のように思えていたのかもしれない。

よし吉は首を刎ねられ、さらにその場で四肢を落とされ、己の血の海の中にいた。手代は背中の袈裟懸けで一命を落としている。

「子どもの首ならば一刀で落としやすかったからか。そうやって薩摩の少年の首も落としたのか」

薩摩の少年、と河根森は呟いて、ああ、あれかと頷いた。

「薩摩は斬って捨てるのが我々の仕事でありましょう？　何やら急いでいたようですが、見つけられて仕留められて良かった。同輩たちの無念もこれで」

「――芳三郎を襲った時に、顔を見られていたからだろう」

河根森は不意に口を噤んだ。

よし吉が殺されたことで、重藤は必死になった。仕立屋はそんな折、飛び込んできた手がかりに他ならなかった。間違いならよし、だが念のため上官と図り、周辺の聞き込みを始めた矢先に出張の命が下された。

――この間で継続していた辻斬りの所業が止むなら、本人を質して真相を突き止めよ。

――犯人だと確信したら、決して東京に戻すな。

上官はそう言うと、硲という探偵をつけてくれた。時折打ち合わせをしながら、注意深く、河根森の足取りを追ってきたのだ。戦乱の最中、見失ってしまいはしたが。

「おまえが襲った芳三郎は、俺が駆け付けた時、まだ意識があったのだ」

河根森の顔色がここで変わった。

「彼ははっきりとお前の名を告げた。俺に追えと言ってくれたのだ」

重藤は吾平の帰りを待ち、熙が浅間艦に収容されたことを確認してからその場を発った。市街に戻る直前に、重藤を探していた硲と会えたため、そこで現状を共有している。

ただ情報の把握に加え、折悪《おりあ》しく数名の薩軍と会敵した。そのために隠れ家に戻ってきたのは明け方になってからだった。

戻りかけて重藤は瞬時、足を止めた。ただならぬ空気が漂っている。開け放たれた戸、慌てて出て行ったかのようないくつもの足跡。

暗がりに目を凝らして、慌てて飛び込んだのは、芳三郎が土間にうつぶせで倒れていたからだ。

『什長の、河根森さんに襲われました』

「芳三郎ははっきりとそう言った」

「招き入れてくれたのは芳三郎でしたぞ。私の顔を覚えていてくれましてなあ。記憶力の良い若者でありました。それは嬉しゅうございましたよ」

その表情に重藤は息を呑む。河根森はまるで思い出話をするような顔で微笑んでいたのだ。

「隠れ家の隙間から外の様子をうかがっていた時にでも、路地に身を隠していた私を見つけたのでしょう。河根森什長殿では？　と声を掛けてくれましてな」

芳三郎は名を名乗り、しばらくしたら重藤さんもお戻りになるはずですから、良かったらお入りくださいと招き入れてくれたらしい。

「しかし薩賊を庇っていようとは」

芳三郎とは当初茶を飲み、他愛のない話をしていたらしい。薩兵は警戒をしていたようだが、と彼は言った。

「水を汲む後ろ姿が、なんとのう、こう、昔の使用人に似ておりましてな。そのまま小言を言われるような心持ちがしたものですから、思わず土間に下りて」

『芳三郎殿！』

和弥の悲鳴を聞いて振り向く間もあらばこそ、芳三郎を袈裟懸けにしたという。

「芳三郎は逃げろ、と余計なことを言って倒れましたので、すんでのところで、薩兵をとり逃がしましてなあ。追いかけましたが行方を晦ませ……先にあやつめを斬っておくべきでした」

「和弥殿が手負いゆえ、後回しにしたのであろうが」

「妙に薩兵に肩入れするのですな。薩兵を庇っていたなら芳三郎を斬って捨てるは当然でありましょうに」

本末を転倒している、と重藤は首を振った。

「それより前に、おまえは瀧山智宣も斬っているだろう」

「瀧山……?」

首を傾げる。

「臼杵隊の瀧山智宣だ」

はて、と河根森はさらに首を傾げた。

「小倉織《こくらおり》の袴に白襷――大橋寺の炊き出しで、芳三郎たちと一緒にいた少年だ。彼も後ろから斬ったのだろう」

煕が抱いていた智宣の遺体には、背に深い切り創があった。袈裟懸けの遺体は、東京で見た辻斬りの遺体に酷似していた。

「ああ芳三郎と一緒にいた……なるほどこれも因縁ですかな」

城に向かえという伝令を持って走り回っていた智宣は、篠突く雨の中で、警視隊の姿を見つけた。

『そちら、ええと、什長殿ではありませんか』

芳三郎と違い、おそらく私の名は覚えていなかったんでしょうなあ、と河根森は述懐する。重藤は目の前の穏やかな表情が信じられない。

『城への参集をお願いします。今ならまだ籠城も可能ですから』

きびきびして、良い若衆でしたなあ、と河根森は目を細める。

「ちょうど、最初に殺めた猫があんな感じで落ち着きのない奴でしてな」

『城の入り口まで案内します』

背を向けた拍子に刀を抜いた。智宣は声も出せず倒れたという。

「斬った後というのはすぐに立ち去るのが私の流儀です。だから見つかることもなかった。雨の中で視界も悪く、大変に都合が良かった。ここでなら返り血も、薩兵か臼杵隊か警視隊のものかなどと、区別のしようもないですから、上着を変える必要もない」

やはり仕立屋に注文していたのは返り血のことを懸念していたからだろう。汚れたものは庭先で焼けば証拠も残らない。

「なぜ貴殿は人を殺めるのだ」

「なぜ？　什長殿は、眠りたいと思うことになぜ、といちいち問うのですか？」

河根森はみたび首を傾げる。

「食べたいと思うこと、排尿排便したいと思うこと、女を抱きたいと思うこと、人を殺めたいと思うこと……体の欲する欲に、なぜ、と問うても答えは出ませぬ。肉を断つ感触がたまらない、温かい血しぶきの匂いは格別です。それがただただ好きなだけなのです。命が流れ出てしまうのでなければ、何度も味わえるものを」

恍惚《こうこつ》の表情だった。鳥肌を立てたまま、重藤は問いを重ねる。

「か、和弥殿はなぜ首を落としたのだ」

よし吉が思い出される——。河根森はため息を吐いた。

和弥は日暮れの頃に本営から抜け出し、どうも臼杵隊を探していたらしい。囚われている熙を救わんとしたのだろう。だが人気の少なくなった町家で駆け回る少年の姿は嫌でも目立つ。

「顔を見られておりましたから、逃がすことは出来ません。だが奴は私を——警視隊を警戒していた。不意を突くしかありませんで。不本意ながら物陰から出て当身をくらわしてから、一刀のもとに首を落とすしかなかったのですよ」

河根森は胸元から拳銃を取り出した。

「なぜ袈裟懸けにしなかったのかと、重藤さんはお訊ねになりましたが。この臼杵《うすき》の地は路地が狭いところがございますから。袈裟懸けはある程度空間がないことには使えませぬ」

智宣の時はひらけた場所だった。芳三郎は土間に下りていて空間に余裕があった。

重藤は剣を構えたが、確かに上段に振りかぶれない。屋根が迫り出して、太刀筋を制限される。ましてーー相手は拳銃だ。

「装備が足りなかった時点で、臼杵は負けるしかなかったのです。分不相応な戦いでしたね」

「分不相応？」

重藤は腕に力を込めた。

「この地で生きたいと願うことの、何が分不相応だ」

「力のない者は死ぬしかないのですから」

違う、と重藤は声を荒らげた。

「何気ない日々の生活を、生きる毎日を守らんがための戦いだ。分不相応などではない、生きることは、誰かに脅かされていいものじゃない」

「それでも、こうして力のある者が生きるわけでしょう。力のない者は、惨めに死ぬしかないのです」

重藤は歯を食いしばる。

「そんなことは」

「あるのですよ厳然と。今この時にも。噛みしめてください、重藤什長殿」

引鉄《ひきがね》を引く音がしたが、しかし弾は出なかった。

「なっ！」

どこで使ったのか。使ったことを失念していたのか。初めて焦ったらしい河根森の隙を見過ごす余裕は重藤にはなかった。

自重を乗せてぶつかるかのように相手を貫いた。

「じゅう」

「――泉下《せんか》で彼らに詫びて来い」

引き抜いた刃には、一条の糸ほどの血が巻いている。

何度か痙攣をして、彼が動かなくなるまで、重藤はその場に立ち尽くしていた。

※※※

――転がった銃を拾うと、不思議なことに弾はまだ残っていたのだという。

「不発や不具合にしては、妙だったが……」

重藤の話を驚きのままに聞いていた熙は、ふと智宣の最期の言葉を思い出した。

『違……顔……視た……じゅう』

ではあれは「重藤」ではなく、「什長」と言おうとしたのだろう。

思えば智宣は重藤のことは『ながよっさん』と呼んでいたではないか。

「芳三郎のことはすまなかった。手遅れになったとしても、先に芳三郎を介抱すべきだった」

重藤はそう言って頭を下げた。

熙は瞑目する。涙がさらに呼吸を辛くした。

——芳三郎。

追いかけろ、と今わの際に芳三郎は重藤に言い放ったらしい。

いかにも彼らしい物言いではないか。

あいつは死ぬ間際まで凜々《りり》しかった。強く、賢く、頼もしかった。

ようやく、河根森の遺体を見た時に感じた違和感の正体に思い当たった。

刀創——重藤の上着には、貫かれたはずの刀の痕がどこにもなかった。体を貫通させるほどの刀創で、上着の後ろが破れていないはずがないのだ。

——仇は既に重藤の手で討たれていた。

「智宣、芳三郎、和弥殿……」

呟いた声に、冷静な妙の声が重なる。

「熙さんの回想に、芳三郎さんの様子をうかがっていることが少ないとは思っておりましたが……亡くなっていたのですね。ということは、刀創の薬云々《うんぬん》も口実だったと?」

それは口実ではありませんなんだ、と熙は声を震わせた。

蛇毒《へびどく》のせいか、己の感情のせいか……体の震えが止まらない。

「佐伯から戻る道中、許嫁が賊に襲われ、斬られております」

荘田医院にいるのは芳三郎ではなく、実は禎子だった。深い傷からの高熱が下がらず、体力がどんどん衰えている。このままだといくらも保たないと医師に言われていた。

『兄上が禎子を娶れば、わしは兄上の本当の兄弟になれるのだなあ。早く祝言を挙げてくだされ』

智宣の言葉が甦って胸を抉る。

「……焦っていらしたのは、そのためでしたか」

煕は首を振った。

「薬は必要でした。でも俺は、許嫁のためにここに来たのではないのです」

禎子は自分が長くないことを知っているようだった。

それでも手がかりの少ない、仇ですらないかもしれない人を捜しに行けと言う。

——煕の戦いを終わらせるために。

「俺は情のない人間なのです」

許嫁の命より、亡くなった友の気持ちより、自分の葛藤を優先した。重藤が仇であってくれと都合のいい思い込みだけで、禎子の薬が必要であると理由づけて、無鉄砲に旅にまで出て。

——口実だと言われれば、確かに口実だ。

自分は禎子をも利用したのだ。

「薄情で、身勝手で、早とちりで」

決して、憧れの人たちに近づけるような器ではないというのに。

——何を驕《おご》り、何を誤解していたのだろう。

「あの遺体に姫葫蘆がなかったこと、和弥殿が最後まであなたの名前を出さなかったこと、心のどこかでは、わかっておったのです——重藤さんが犯人ではないと」

『什長殿は決して人の道に外れるような行いをする人ではなかった——それは信じてあげてください』

「硲さんも、あなたを信じていました」

「赤嶺もだろ？」

重藤は微笑んだ。

「俺は、あなたが本当に彼らの仇ならば、刺し違えてでも殺す覚悟でおりました」

「それでも信じていてくれたと思うぞ。問答無用で俺を殺して、薬を奪っても良かったのだから」

重藤は姫葫蘆を取り出した。下半分の金創膏を丸々煕に握らせた。煕は目を瞠ってから、再び俯いた。

「今からでも殺してくれても一向に構わんのだがな。俺はもういない人間だから」

少し遠い目をして重藤が呟いた。煕は顔を上げる。

「なぜ河根森の死体を重藤さんに見せかける必要があったのですか」

彼は犯罪者だ。そのまま明るみに出せば良かった。そんなことをする必要はなかったはずだ。彼は首を振る。

「これは上との取引だったのだ。俺を戦死扱いにし、あいつを行方不明にすることが。それに密命とはいえ、同輩を手に掛けた者が口を拭って警視官として勤められるとはとても思えなかったのでな」

だから、薩軍の本営に捕らわれた煕を助けた折も、名乗ることが出来なかったのだろう。重藤が死んでいないと証言されたら、すべてが無に帰してしまう。

「あいつを殺めた後、俺は首を落とした。その後、遺体を俺に偽装して違う場所に捨てたのだ。見る者が見れば、薩軍ではなく身内が粛清したと判るだろうからな」

『そうですか。重藤さん、ついに』

少なくとも俗はわかっていたはずだ。

「首はどこに?」

重藤は訊くなと頭を振った。重藤のことだ、河根森の首だとておそらく粗雑には扱わなかっただろうことがわかる。おおかた河根森の上着にでも包《くる》んで、どこぞに埋めたのだろう。

熙に言わないのはむしろ情けだ。場所が判れば、おそらく掘り返してでも熙は仇を討とうとするだろう。それをさせまいとしているのだとはなんとなく察しがついた。

「そうして、ご実家を離れ、その姫葫蘆の出どころを突き止めることになさったと、そういうわけでしたね」

妙が近づいてきた。枇杷の匂いがする。

「患部を出してください。枇杷の葉は傷に効きます」

晒しの上に煮た枇杷の葉を置いてぐるぐると巻かれた。かなり熱いがそれが効くのだそうだ。

「重藤さんは、どうして久住連山へ来たのですか」

「吾平のところで、赤嶺も聞いただろう? 化外の杖のことを」

山野を回遊する化外の民の中でも、ひときわ異彩を放つ集団――化外の杖。

「でもあれは作り話だということでしたが」

「粂蔵には聞かなかったのか?」

思い返せば、彼らには流れ者のことを訊くことすらしていない。熙は自分の失態に気がついた。重藤のみに気を取られていたせいだろう。

「二十四年前だとて、記憶を残している人もいる。粂蔵の婆《ばあ》さんは今年亡くなったそうだが、その婆さんは知っていたそうだ。物腰は穏やかで、まるで貴人の如き流れ者がごく稀に訪れることを」

高い教養と言葉遣い。鋭い目とがっしりした足腰。見たことのない精緻な細工物《さいくもの》を献上したという。

「彼らは久住の辺りに行くと言っていたらしい。通常の山の者の回遊路ではないというから、手がかりもあるかと思ってここに来たんだ。久住の麓に案内《あない》の者がいるから、頼るといいとも言われたし。だから妙さんのところに来たのだが」

「案内——まさか穴井って」

妙が笑っている。重藤も笑っている。

「実際に妙どのはことのほか山には詳しかったから悪い首尾じゃない。化外の杖を追いかけるのは霞《かすみ》を食べる仙人になりたいと言い出すのと同義だと言われて言外に却下されたのだがな。それでも食い下がったら、まずは山で一人でも生きていけるようになれと言われて。それでしばらくここで暮らすことになったというわけだ」

妙さんが赤嶺を連れてくるとは思わなかったが、と苦笑している。

「私も来るつもりはありませんでしたけど……ろくが」

ろくは熙の足元にいる。助けてもらった恩義を感じているのだろうか。

「それにしてもおまえたちは運がいい。仕掛け罠にウサギとイタチが入っていてな。これから捌《さば》くところだ。イタチはさすがに捌いたことがない。妙どの、手伝ってくれるよな」

妙は肩をすくめた。

「しばらくは赤嶺さんを動かせませんしね」

5

雨が強く降り始めた。強風にもなっているらしい。が、まるで家の中にでもいるかのように、洞窟の中は暖かく、柔らかい光に満ちていた。

「しかし重藤さん、今更ですが、遺体を自分に見せかけても……ご遺族には気取られるのではないですか」

心配ないさ、とウサギの肉を頬張りながら重藤が言う。臭みもなく、軟らかい肉であったが、熈は一口齧《かじ》っただけだった。悪寒がする。食欲はなかった。

「埋葬はこちらでやってもらい、遺品だけを持って帰ってもらう手筈だ。弟は逆上するかもしれんが」

無理やりにでも彼に両親の跡を継がせるにはもうこれしかないのでな、とため息を吐いた。

「河根森の人斬りを止《や》めさせる方法は他になかったのですか」

非難めいた言葉になったかもしれない。重藤が目を上げる。

「薩軍の中でもそういう者たちが出てきていると聞いた」

佐尾史利の言葉を思い出した。

『同じ目には遭わせんぞ……お前《わい》は膾じゃ。生きたまま皮を剝いで、骨を削ぎくるっで。支解してやっ、おのが腸を食わせてやっ！』

支解とは遺体を細切れにする——文字通り分解することを言う。

「戦場で人を殺すことが日常化してくるにつれ、薩軍の中で、遺体を毀損する行為が横行し始めたのだ。薩軍は捕虜を帯同しない。臼杵隊など、地方の有志隊については捕らえたのち、解放することもあるし、説得や強制で自軍に組み込むこともある。だが官軍兵についてはその手間を掛けぬ。捕虜とは即ち殺される者だ」

その殺しを楽しむ者たちが出てきたのだ、と重藤は言う。

「妄殺《ぼうさつ》の病、と呼ばれている」

妄殺、と熈は繰り返した。

「妄《みだ》りに殺すことを言う。刀の試し斬りをする、生きたまま皮を剝ぐ、腸を引きずり出す、頭蓋骨を粉砕する——残忍な殺し方を編み出すに、いずれも人の体を使って行う。戦場にはこの病が蔓延していると聞いた」

「そんな、惨いことを」

「惨い、辛い、悲しい……そんな感情を鈍麻させねば、戦を継続出来ないのだろう。人の脳とは辛すぎるものをごく稀に快楽として受け取ることもあるという。河根森も、おそらくそういう病だったのだろうな」

確かに人を傷つけ、殺すのが戦場だ。どこかで鈍麻させなければ、長く戦えない。

だからといって、一度安心させておいて、後ろから袈裟懸けに斬ることに愉悦を感じることなどあり得るのか。

「俺には……わかりません」

そんな病など聞いたこともなかった。知らずに会っていれば、熙もまた河根森に殺されていた可能性は高かっただろう。

「智宣も、きっと最後まで疑わなかったのでしょうね」

戦時下の緊張と興奮。そして誇らしげに白襷を身に着けた智宣は、応援に駆け付けてくれた警視隊を歓迎していた。

顔も見知っていた河根森を案内する彼は、興奮していたはずだ。雨も手伝って、河根森の殺気に気づかなかったのか。

病だと、それが愉悦だというならば、彼は殺気すら出していなかったのかもしれない。

「芳三郎も顔を見知っていただけに油断したのでしょう。俺が早く智宣の詳細を伝えておれば
……!」

辛くて詳細を言いそびれていた。芳三郎は用心深い男である。もし早くに伝えていれば、彼ならば何かを疑えたのかもしれない。

「芳三郎は勇敢だった。自分が斬られておりながらとっさに怪我をしている和弥を逃がし、河根森と入れ違いに入ってきた俺に、追いかけろと言ってくれた。俺はそれに従うべきじゃなかったかもしれないが」

熙は力なく首を振る。芳三郎の傷はあまりに深手だった。即死でもおかしくなかったと医者は言った。

妙に語ったあの作り話が現実のものだったらどれほど良かっただろうと思う。たとえ意識がなくても、せめて芳三郎が生きていてくれさえしたら。

「諦めるな」

重藤は熙を覗き込む。

「まだ禎子殿がいるではないか」

許嫁であり、智宣の妹でもある彼女は、幼い時にほんの一時期一緒に遊んだことがあるだけだった。禎子を妻にするという未来は大人たちが決めたものだったが、熙に抵抗はなかった。代わりに特に感慨もない。まだ智宣や芳三郎のように、心に塞ぎ難い穴が開くほどの存在ではない。

「智宣や芳三郎だって、最初からそうだったわけではあるまい。年月をかけて、お互いが大事になっていくのだ。おまえは壱六助を守った。それに連なる臼杵を守った。みすみす、その守った命がまた喪われても良いというのか」

「俺に、何が出来るというのです。この何も出来ない手に」

「――自惚れるな、赤嶺」

重藤は苦笑した。

「おまえくらいの年齢で、逆に何が出来るというのだ。俺だとてまだ何も為していない。それに何かを為し得ることだけが生の目的ではなかろうよ」

熙は目を上げる。毒のせいだろうか、体が火照ったり急に寒くなったりして落ち着かない。

「智宣に何かをしてほしいと思ったか？　芳三郎には？」

彼らには生きていてほしかった。ただそれだけだ。

「彼らも同じことを思うだろうよ。ただ生きていてほしい。笑っていてほしい。それが彼らの望みでもあろう。辛さは消えないが、その辛さがあればあるだけ、彼らのことを思ってもいられよう」

『苦しみながら墓場まで持って行け』――以前、重藤に言われた言葉を思い出した。

なるほど、この辛さは、生かされているがゆえか。

熱い息の下で、熙は目を閉じた。

※

「……妙さん」

遠くで重藤の声が聞こえた。やけに遠い場所から聞こえる。

「赤嶺の様子がおかしいです」

誰かが近づく気配がする。が、瞼が重くて目が開けられない。

「とんでもない熱ですね。やはり蛇毒でしたか」

妙の声だろう。だがまるで水を通して聞こえるようだ。聞き取りづらい。全身も熱い。

「赤嶺さん、失礼します」

言うなり口の中に何かが入ってきた。指だろうか。だが吐き出す力はない。されるがままだ。

「歯ぐきからも出血してますし、皮下で出血も起こってますね」

道理で鈍く鉄の味がすると思った。

「血が出てるんですか」

前に見たものと同じ症状です、と妙は淡々と言う。

「放っておくと内臓に毒が廻って絶命します」

「さすがに医師を連れてこられる場所ではないですけど」

俺が背負って下山しますかね、と重藤の声がする。

今度は頭の中に半鐘が鳴っている。ひどい頭痛がしていた。

「大根があれば熱さましにはなりますが」

当然今は季節ではない。妙が大きなため息を吐いている。

「諦めるしかないですか」

「妙どの！」

やはりここは俺が下山を、と重藤が動くのを、妙が制したようだった。

「重藤さん、あなたの姫葫蘆を貸してください」

驚いた気配はするが、大人しく渡したのだろう。

「それをどうする気です」

カサカサと音がする。油紙を剥いているのだろうか。

「ちょっと待ってください、妙どの！」

薄く目を開けた。妙は自分の小刀を出して、油紙の上を滑らせている。

「……麝香《じゃこう》、人参《にんじん》、熊胆《ゆうたん》、大黄《だいおう》、甘草《かんぞう》、桂皮《けいひ》に牽牛子《けんごし》、他か。思った通りだ」

妙はなぜか口を動かしている。枇杷の葉にペッと何かを吐き出した。また瞼が下りてくる。

ザク、と何かを切る音がした。再び目を開けると、重藤が蒼白な顔のまま棒立ちになっていた。

「覚悟するのは、俺のほうだったのか……」

「全部は使いませんよ。中だけ少し」

「しかし妙どの、これは少なくとも二十四年も経過していて、その」

「発酵していると考えてください。どのみち絶命するならば試してみる価値は少なからずありましょう」

がっくりとうなだれる重藤をよそに、妙がやってくる。

「さあ赤嶺さん。これを」

近づけられたものはものすごい臭いがした。真夏に置き去りにされた生魚の腸《はらわた》より強烈な刺激臭だった。

「いや、じゃないです。口を開けなさい。重藤さん！」

赤嶺、と優しい声がする。だが大きな手で顎を押さえられ、知らず口を開けた。そこにさきほどの指が突っ込まれる。喉の奥からこみ上げるものを我慢出来ない。

「吐くな！」

一喝されて、しばし、何か柔らかいものが唇に触れた。大量に流れ込んでくる液体はどこか柑橘《かんきつ》の爽やかな香りがした。

「黄檗《おうばく》――キハダのお茶です。煎じておいて良かった。どんどん入れて流し込んでください」

妙の声が聞こえる。ろくのやかましい鳴き声が聞こえる。

ひどい頭痛が次第に薄れ、灼けるような熱さの中で、気づけば意識を失っていた。

※※※

熙は目を覚ました。ゆっくりと体を起こす。

あれだけ大騒ぎした夜中が嘘のように、体には悪寒や頭痛どころか、火照りも倦怠感《けんたい》もなかった。辛いと感じる部位はどこにもない。強いて挙げれば、咬傷痕《こん》が押さえれば痛い程度か。

「気がつきましたか」

近くで体を起こした妙が、熙の顔を見てそう言った。泥のように寝ていた重藤も、妙の声で起きたようだ。

「もう辛くはないですか」

熙は頷いた。さすがにもう駄目かと思うほど辛かったものが、これほどあっさりと恢復《かいふく》するとは。

「重藤さんの……薬のおかげです」

「何のことだ?」

重藤は首を傾げた。

「姫葫蘆の」

どうしました、と妙は眉をひそめた。

「何のお話ですか。夢でもご覧になりましたか?」

「違います、覚えておりますよ、昨夜、重藤さんの秘蔵のお薬を……二十四年ものを、俺のために使ってくれて……そう、妙さんがそれを舐めて成分を」

「これか?」

重藤が姫葫蘆を開ける。油紙に包まれたそれは綺麗な丸薬のままで、どこにも欠けたところなどは見当たらなかった。

「な、中を使うっておっしゃってましたけど」

赤嶺、と重藤が苦笑した。

「さすがにこれを切って中まで見せてやることは出来んな。これでも唯一の手がかりゆえ。傷をつけるわけにもいかんし」

「昨日、キハダのお茶を飲ませましたから、それで熱が下がったんでしょう。ヤマカガシの毒は命を取るか長引かずに終わるかです。あなたは運が良かった」

絶命するなどと言っていたのが嘘のように、妙はてきぱきと後始末を始めた。

夢、だったのだろうか。

煕は洞窟の入り口に立つ。雨に濡れたせいか、眼下の森の緑が鮮やかだった。朝焼けの空に虹がかかっている。風に乗って夏の匂いが鼻をくすぐった。

「快晴ですね。これなら今日中には麓に戻れるでしょう。そこから馬車を出してもらえるか交渉してさしあげますから、上手くいけば二日くらいで禎子さんのところにお帰りになれますよ」

忘れものだ、と重藤が懐剣を渡してくれる。枇杷の葉に包まれた油紙も。こちらは重藤家の秘伝の金創膏である。

「重藤さん」

重藤のまなざしは優しい。並んで立って虹を眺めた。

「戦友の顔を見るだけで、心丈夫《こころじょうぶ》になれるもんだと知ったよ。老犬のために身を挺《てい》してやれる人間がいると知るだけで、身震いするほどに嬉しくなったよ。そういう小さな喜びを積み重ねて、その喜びの一つになれるよう生きていくのは、嬉しいことだと思わんか」

「辛いこともあります」

待ち受ける日常の中に、望む人たちはいないのだ。

「そりゃ辛いことはあるだろうさ。でも辛いことばかり振り返って辛い辛いと言い続けては生きていけん。俺は薩軍のように政府を相手に喧嘩も売れんし、警視官としてその辺の騒擾《そうじょう》を解決することももう出来んが」

でもな、と続ける。

「俺の生みの親に繋がるものを見つけることが出来、そのうえで死にかけた人を助けられるくらいの薬を作れるようになれば、そこから何かが変わるかもしれんと思うのだ。俺が足掻《あが》くのは、誰かがただ泣き叫ぶ顔を見たくない一心だ。俺は人の笑っている顔が好きなだけなんだよ」

それでよくはないか、と言われて、思わず目を瞑《つむ》った。

なぜ今、ここに、智宣や芳三郎の笑顔がない。

「……戦で、俺はもう誰も殺したくないし、殺させたくないと思いました」

重藤は黙って耳を傾けている。

「隊士の中に怖けて逃げた者がいて、それを恥じていると言われて悔しかった。自刃した者がいると聞いても悔しかった。なぜ生きていることを恥だと思わねばならぬのでしょう。自決した者を、なぜ褒めそやすのか」

悔しい、という想いは、すべてひとつのことに直結する。

「生きなくては。俺はまだ何も出来ていないけれど」

自惚れるなと言われた手を見る。殺した者たちのことを考える。だが震えは今、なぜか現れなかった。

「誰にも命を奪われることのない日々を守っていかねばと思います」

重藤は頷く。

「赤嶺……俺たちはいつ死んでもおかしくないところにいた。そこから生き残った。それだけでも未来に対して何かを為得たのだとは考えられないだろうか」

——この未来《さき》に。

煕は重藤を見上げた。

「俺は、重藤さんのようになりたいのです」

仇でないとわかった時に、落胆とともにどこかで安堵もした。

憧れるに足る大人だった。重藤も、牧田も、硲も——。

彼らが残してくれた言葉に何度救われただろう。

「それはなんとも面映《おもは》ゆいが……光栄だ。重藤という人間はもうおらぬ者ではあるがな」

そろそろ出立しますよ、と妙の声とろくの吠える声が聞こえた。

「重藤さん」

重藤は煕を見下ろす。

「いつか、ご実家に戻ってさしあげてくださいね」

驚いた顔が返る。

「ご両親、弟さんの笑顔が喪われたままでは辛すぎます」

辛すぎる、と繰り返した熙に、そうだな、と重藤は小さく返した。

「その時は臼杵にも来てください。金創膏の作り方も知りたいし」

簡単に言う、と頭を叩かれた。

「これは重藤家の秘伝なんだが……」

重藤はしばし考えたようだったが、ややあって微笑んだ。

「いつか、機会があったらな」

終章　戦の始末

熙《ひろむ》は翌々日に臼杵に戻った。

薩軍はこの地からは完全に撤退した。薩軍は臼杵を占領後、四国方面への進軍を企図していた。弾薬の補給を待つために、臼杵に留まっていたのだそうだ。だが官軍は海上陣営として日進、孟春、浅間の他、清輝《せいき》をも駆り出し、戦力を増強していた。四国本土も、官兵によって厳戒態勢にあったという。

薩摩の奇兵隊は、海岸線沿いから佐伯に進み、西郷《さいごう》陣営のある延岡へと至る手筈だったというが、津久見の海から浅間艦の執拗《しつよう》な攻撃を受け、鏡峠を経て切畑村へと落ち延びていったという。

その後の顚末《てんまつ》は断片的に齎された。秋になって西郷の死が伝わった。西郷という人物を熙は知らないままだった。彼に対する感慨はない。ただ、彼を慕う者たちの姿が思い出された。

――和弥《かずみ》の兄はどうしただろうか。

西郷に殉じただろうか。捕縛されたのだろうか。彼のことは何もわからないままだった。

和弥とももっと話をしたかった。戦後、敵同士でなくなれば深く話し合うことも出来たのではないかと思うにつけ、何度も繰り返し、その死を惜しんだ。

臼杵戦役では、警視隊二十名、臼杵隊四十三名、熊本鎮台兵十二名、警視徴募隊七名が犠牲となった。翌明治十一年に臼杵隊の招魂社《しょうこんしゃ》が創建された。

なお、隊の年齢規定により、瀧山智宣《たきやまとものぶ》は死亡者には含まれていない。同じく、町家の死亡者も、戦役の犠牲者として名を留めてはいない。

また、警視隊にも、熙の知る二名の名は刻まれることはなかった。当地で彼らのことを知る者はほぼいない。すべてを終えた十月二十四日、臼杵港から愛宕丸《あたごまる》に乗り込み、凱旋の途についた警視隊関係者の中にも彼らの姿はなかった。意図的に警視隊側が伝えなかったものと判断し、熙は沈黙を貫くことを決めた。


穴井妙《あないたえ》という女性が何者なのか、結局わからないままだった。

しばらくして便りを出すとそのまま戻ってきた。もうあの家にはいないのだろう。山を知っているだけではない気がしたが、確証は何もない。丸薬を舐めただけで成分を当ててしまうなど、常人とは思われないが、日が経つにつれ、あれが夢ではないという自信がなくなってはきていた。

もしかしたら——との思いもないわけではないが、今となっては確認のしようもない。


禎子《ていこ》は金創膏のおかげで命を取り留めた。薬は大変よく効いた。祝言は翌々年に挙げ、生まれた長男には智宣と芳三郎《よしさぶろう》から名をとり、宣芳《のぶよし》と名付けた。

岡辺壱六助《おかべいちろくすけ》や種瀬三岳《たねせみたけ》らとの交流はその後も長く続いた。壱六助はきっぱりと剣道をやめ、熙と同様に師範学校へと進学した。のちに中学校の校長になり、後進の育成に専念した。

対して三岳は剣道を続け、師範代になり、長く子どもたちを指導した。

臼杵を良き町にすること、未来を作ること。

それらに腐心する中で、のちに三菱の大番頭と呼ばれるまでに出世した荘田平五郎《しょうだへいごろう》は、大正七年、郷里臼杵に私財を投じて図書館を建ててくれた。

彼は片切八三郎《かたぎりはっさぶろう》の同輩だった。当然、故郷の災禍、同輩の戦死などは聞き及んでいたはずだ。

彼には見えていたのだろう。

何が――未来を創るのかを。

その重みを、煕は噛みしめていた。

宣芳は長じてのち、その図書館によく通ったが、幼い頃はわんぱくで怪我の絶えない子どもだった。

ある時、知らないおじちゃんに貰ったと、細身の葫蘆を下げて戻ってきたことがあった。

予感がして、葫蘆の前を引いてみた。細工物らしく、かちりと小気味よい音がして、案の定、下半分には油紙に包まれた真っ黒い丸薬が入っていた。

上半分には膏薬の作り方が記されている。秘伝なんだが、と言った声が耳元で甦るようだった。

重藤は『化外の杖』には会えたのだろうか。

だが少なくとも生家には戻れたのだと信じている。両親も、兄上好きの弟御も、さぞかし喜んだことだろう。

誰かの笑顔を想像するだけで、心が弾む。

同時に、もう二度と毎日のささやかな暮らしが蹂躙されることのないようにと祈るばかりだった。

煕はよく子どもらを連れて、臼杵城址《じょうし》に登った。ここは公園として整備され、昭和十七年に臼杵隊を偲《しの》んで石碑も立てられた。

熙とてさすがにいつまでも若い日のままではない。八十の声も数年前に聞いた。周囲を走る子らがいつしか孫に、そして曽孫《ひまご》に代わっても、碑の前に線香を手向ける回数は減りはしなかった。

不思議なもので、年を取るとむしろ早逝した人々を思い出す時間が増えた。顔はもう朧《おぼろ》げだし、声も忘れた。まなざしも、仕草も明瞭ではないけれど。

――遺された言葉を忘れはしない。

託された未来を忘れてはいない。

めっきり弱った足腰を叱咤して、熙は碑から離れて街を見下ろせる場所まで歩いた。キナ臭い戦の匂いはこれまでにも何度も嗅いだ。またぞろ似た臭いの風が吹いている。警鐘を鳴らすかのように人々に昔の話を繰り返してきたが、あとどのくらいそれが出来るだろうか。

この地は、先を見ている。そういう土地だったはずだ。

何が――未来を創るのか。

この先、自分がいなくなっても過《あやま》たない未来であってくれるだろうか。

一陣の風に乗って、どこからか夏の匂いが鼻をかすめた。まるであの日のようだ、と山での最後の朝を思い出した。

戦に始末などつけられなかった。亡くなった者は戻らず、苦しみも辛さも長い間続いたが、それでもあの数日の不思議な旅のおかげで、ここまで生きながらえることが出来たようにも思う。

終生、熙の記憶から彼らのことが消えることはなかった。

この地に生まれ、一緒に育ったかけがえのない幼なじみを。

ともに戦った戦友たちを。

頼もしかった半隊長殿を。

明晰な敵軍の少年を。

謎多き女性と老犬、精悍な警視隊の什長を。

――臼杵の戦いとその後の始末を。

あの日焼かれた町は再建され、浜辺が埋め立てられ、城下町はさらに放射状に広がりを見せはじめている。

残照は今日も海上を輝かせていた。

【参考文献】

『西南戦争　警視隊戦記（復刻版）』後藤正義（マツノ書店）
『西南戦争　民衆の記《大義と破壊》』長野浩典（弦書房）
『鹿児島戦争記　実録西南戦争』篠田仙果（岩波書店）
『城下の人　新編・石光真清の手記（一）《西南戦争・日清戦争》』石光真清／著・石光真人／編（中央公論新社）
『西南戦争　戦争の大義と動員される民衆《歴史文化ライブラリー253》』猪飼隆明（吉川弘文館）
『西南戦争従軍記　空白の一日』風間三郎（南方新社）
『征西従軍日誌　一巡査の西南戦争』喜多平四郎／著・佐々木克／監修（講談社）
『大分方言語録』大分合同新聞社
『大分の民俗』大分県民具研究会／編（葦書房）
『戦況図解　西南戦争』原口泉／監修（三栄書房）
『臼杵隊　再版』中根貞彦／編（二豊社）
『臼杵隊　増訂版』中根貞彦／編（二豊社）

本作執筆にあたり、K・Wさま、神田高士さまに方言・土地監修の労をお取りいただきました。心より感謝申し上げますとともに誤謬等、文責はすべて著者にありますことを申し添えます。

本作品は書下ろしです。
本作は歴史的事実をもとにしたフィクションです。

清水 朔（しみず・はじめ）

唐津市生まれ。2017年『奇譚蒐集録　弔い少女の鎮魂歌』（新潮社）が日本ファンタジーノベル大賞最終候補に。同シリーズに『奇譚蒐集録　北の大地のイコンヌプ』『奇譚蒐集録　鉄環の娘と来訪神』（ともに新潮社）、他の著書に『神遊び』（集英社）、『薬喰』（KADOKAWA）などがある。

いくさじまた　臼杵《うすき》戦役《せんえき》後《あと》始末《しまつ》

2024年10月30日　初版1刷発行

著　者　清水《しみず》 朔《はじめ》

発行者　三宅貴久

発行所　株式会社 光文社

〒112-8011　東京都文京区音羽1-16-6

電話　編　集　部　03-5395-8254

書籍販売部　03-5395-8116

制　作　部　03-5395-8125

URL　光　文　社　https://www.kobunsha.com/

組　版　萩原印刷

印刷所　新藤慶昌堂

製本所　国宝社

落丁・乱丁本は制作部へご連絡くだされば、お取り替えいたします。

ISBN978-4-334-10454-2